LA PEUR BLEUE

GUILLAUME DURAND

LA PEUR BLEUE

BERNARD GRASSET
PARIS

Ne jamais oublier.

Ce livre est pour mes parents, Diane et mes enfants. Et pour Europe 1 qui m'a vu naître deux fois grâce à E.M. et J.B.

Chaque génération, sans doute, se croit vouée à refaire le monde. La mienne sait pourtant qu'elle ne le refera pas. Mais sa tâche est peut-être plus grande. Elle consiste à empêcher que le monde se défasse.

Albert Camus (remise du prix Nobel, 11 décembre 1957).

Between the conception
And the creation
Between the emotion
and the response
Falls the shadow

T.S. Eliot.

14 juillet 1959.

La vie est un duel avec les ombres qui vous détestent. Il n'y a pas de vie heureuse. Pas de répit après l'adolescence. Sénèque, malgré tous ses préceptes, fut acculé au suicide par Néron, le plus célèbre de ses élèves.

Or, je fis la connaissance de Néron à Belle-Ile-en-Mer, l'été, et il s'appelait Lanco. Tous les bleus du ciel et de la mer avaient délavé son costume de marin-pêcheur. Les années soixante étaient rieuses. Entre le jaune et le rose. Et depuis quinze jours, pas très loin des aiguilles de Port-Coton, peintes par Claude Monet, nous étions en vacances avec mes parents. Le bonheur. Une habitude. Une maison isolée sur la lande, proche de Kervilahouen, un minuscule village.

Les volets étaient des émeraudes bleutées. L'océan, au pied de la falaise, avait fait une énorme consommation d'Allemands pendant la guerre. Tous noyés, dès qu'ils quittaient les blockhaus des murs de l'Atlantique pour se baigner à Donnant dans les vagues. La houle et les courants n'ont jamais eu aucune pitié pour les terriens. Ils mouraient en perdant pied, sous le soleil, aspirés par l'écume, la main étouffée par les remous dans une odeur de sel, de fenouil et d'algue.

C'était presque des morts vivifiantes pour l'esprit.

Arletty aimait beaucoup cette plage et elle s'y installa plus tard dans l'unique bâtisse retirée pour y trouver la paix. Mais des vipères à coiffe bretonnante susurraient que la Belle Aveugle n'était là que pour attendre le retour de la marée haute qui délivrerait peut-être un jour ses amants.

Toute cette fureur était bizarrement silencieuse. Nous étions chez les fous. Il y avait peu d'arbres pour le vent. Sarah Bernhardt, autre grande dame de passage, avait laissé dévaster depuis des années le fort de la Pointe des Poulains où elle aimait à se reposer. A cette époque, la forteresse de Vauban qui dominait le principal port de l'île, le Palais, était vide. Des interdits de séjour sur le continent, condamnés par la justice, servaient des kirs muscadet au bar de la Frégate qui surplombait la jetée.

Kervilahouen était dans la lande à un autre bout de l'île.

Etait-ce avant l'heure du déjeuner ? Ma mémoire dévisse parfois, comme l'alpiniste. Elle rebondit cependant sur deux ou trois certitudes. En allant à la plage avec mes parents et leurs amis, Claude Roy et Lolleh Bellon, j'avais peur. Extrêmement peur. Une angoisse terrible. Sans le savoir encore, le rendez-vous de ma vie était pris avec la peur bleue.

Etait-ce avant l'heure du déjeuner ? Quelle importance. Tout était bizarrement calme. J'avais moins de dix ans. Mon père, sur un transat, lisait à l'abri d'un tamaris. Brutalement, j'entendis une voix probablement avinée :

— Marchand de poissons ! Marchand de poissons !

Je contournai le bloc et découvris Lanco. Il n'a jamais eu figure, il n'était qu'un costume froissé avec un gigantesque couteau à la main. Il voulut me tuer, abruti d'alcool. Je m'échappai et refis le tour du bâtiment aussi vite que mes jambes d'enfant le permettaient. En quelques secondes et avec quelques mètres d'avance, je tentai d'expliquer à mon père l'impossible. Quelqu'un voulait m'assassiner et là, en un instant, ma vie prit un tour définitif. Je ne me souviens même plus de mon âge exact, mais d'une impérative urgence. Quelques mots devaient convaincre mon papa de la nécessité de fuir ou de me défendre. Le souvenir précis est inexistant. Que lui ai-je dit ? Que m'a-t-il répondu ? La menace était à moins de cinquante mètres, cela reste un mystère pour nous deux. Je gagnai à toute vitesse la cuisine, affolant les femmes. Mon père prit Lanco de face et fut poignardé. Heureusement le pêcheur imbibé de vin des Saints-Pères ne réussit qu'à déchirer une jambe qui laissa Lucien Durand, marchand de tableaux, paralysé pendant un an. Je ne saurai jamais pourquoi je n'ai pas su le convaincre. Les mots m'ont trahi et je vis sur ce constat depuis plus de quarante-cinq ans : il faut se méfier des mots. D'ailleurs, jusqu'à aujourd'hui, j'ai toujours refusé d'écrire.

Ce qui est extraordinaire dans cette aventure tragique, c'est qu'elle ne clarifie rien. Adulte, je redoute encore les couteaux et je ne sais pas avec certitude si je suis du côté de la victime ou du meurtrier puisque je n'ai pas su protéger mon père. Il y a deux ans, à Noël, sur une plage perdue de Sierra Leone en pleine guerre, le marin-pêcheur, pourtant mort des années avant à l'asile, est revenu. Un type croisé dans la nature, qui m'a terrifié. Des centaines de nuits de ma vie ont été inondées de ce cauchemar. Lycéen, je me terrais sur le sol de la 2 CV de ma maman, Nicole Durand, marchande de tableaux, pour éviter de croiser le regard de tous les hommes qui portaient un vêtement pouvant me rappeler le bleu marine.

Je suis ça : un souvenir tranché par la peur.

Lundi 8 février 1999.

Vous avez probablement compris pourquoi il est hors de question d'assumer un destin de victime, de noyé de la vie. Sans sombrer dans la grandiloquence, je suis un rescapé d'une nature assez dangereuse : les fragiles.

Combien de fois m'a-t-on parlé de mon arrogance, de ma décontraction, de cette apparente assurance, qui n'est que le fruit d'un gigantesque travail mené depuis vingt ans. Le premier papier à Europe 1, dans le journal de Pierre Lescure un week-end, je tremblais.

Vers neuf heures du matin, j'arrive à mon bureau et ouvre mes journaux. Il se passe un petit quart d'heure de promenade et de lecture agréable chez mes confrères. C'est ma vie depuis maintenant trente ans. Au milieu de la pile, le magazine *Voici*. Ce qui est amusant dans le monde soi-disant civilisé de la télévision, c'est qu'il a créé un goût immodéré pour la destruction de son voisin. Tous les petits Tarentino de l'audiovisuel se ruent, avant même le café, sur *Voici* le lundi et *Libération* en semaine, pour savoir lequel d'entre eux est flingué, et lorsqu'ils y échappent, le souffle se ralentit. Ils n'auront qu'une journée de faux cinéaste et de faux intellectuel à se mettre sous la dent. Pas de petites morts symboliques, pas de coup de fil fielleux sur le thème « T'as vu *Libé*, il parle de toi... ». Je ne suis pas meilleur qu'eux mais j'ai une fâcheuse tendance à perdre du temps au départ en lisant d'abord et avant tout la rubrique tennis de *L'Equipe*. Ce qui fait que je n'ouvrirai *Voici* que vers dix heures moins le quart... Tout ce qui va suivre ressemble au ralenti de *La Horde sauvage* de Sam Peckinpah. A la page 10, j'apprends que je suis viré et remplacé par Nagui. C'est amusant puis tragique, puisque la veille l'un de mes meilleurs amis – Julien Clerc – organisait un goûter d'anniversaire pour nos enfants et Nagui était là, tranquille, m'expliquant les exploits du Paris-Saint-Germain.

A peine ai-je terminé la lecture de ce divin torchon que je décroche le téléphone et appelle le bureau d'Alain de Greef, mon patron.

— Fabienne, c'est Guillaume, je voudrais parler à Alain.

Pour la première fois depuis un mois qu'il est rentré de sa convalescence de Chevènement de l'audiovisuel, j'entends un « oui » assourdissant. Enfin je vais voir Sitting Bull... Le rebelle de la télévision différente. Lui et sa bande qui campent un soir sur deux au Costes m'ont toujours considéré comme un demi-mou de l'establishment... et là, il me reçoit! Ça ne fait que quinze mois que je travaille pour lui... Pour bien comprendre ce qui se passe, n'oubliez pas cette idée de ralenti, du quadragénaire heureux qui travaille à la télévision et qui surfe dans les couloirs de

Canal Plus pour voir son boss dans une maison qui est encore à moitié déserte car il n'est que dix heures du matin, et c'est l'aube...

J'entre, j'embrasse Fabienne son assistante, et je me retrouve, toujours au ralenti, effondré dans un canapé, face à lui. Ma première phrase est timide car j'ai une vraie compassion pour la douleur qu'il a endurée pendant des mois.

— Tu sais, Alain, ce n'est pas parce que Field quitte TF1 (je cherche les mots déjà insaisissables à Belle-Ile) que j'envisage de partir... je ferais bien une troisième année à « Nulle part ailleurs », sauf bien évidemment si ce qui est écrit dans *Voici* est vrai.

Je suis dans la position du neu-neu content de lui, fier de sa carrière et qui vient chercher une confirmation, une caresse, une douceur pour la journée.

Il est assis face à moi, veste bleu pétrole, pantalon beige, cravate à pois, tête de Nicholson fatigué et voix posée de tueur du Brabant qui doit correspondre à ses origines belges. Il me découpe avec un certain plaisir ces quelques phrases, dans une ambiance qui pourrait s'intituler « les branchés emménagent place du Colonel-Fabien » :

— En accord avec Pierre Lescure, président, Bibiane Godffroy, directrice des programmes, nous n'avons plus besoin de toi pour l'année prochaine. Je n'ai rien à te reprocher. Pierre verra s'il peut te trouver quelque chose dans le groupe.

Demi-malaise vagal... Je bégaye. Je n'ai rien à dire. Je me lève. Il me suit du regard. Je suis tellement con et abasourdi que je lui propose de déjeuner dans les jours prochains. Je sors...

Oserai-je vous préciser que mon producteur bien-aimé Bernard Zekri a rencontré plusieurs fois cette joyeuse bande pour leur demander s'il existait le moindre fondement à la rumeur concernant l'arrivée de Nagui. A chaque fois, il lui a été répondu, et il me l'a répété, que c'était sans fondement. De Greef ajoutant même que c'était une solution qu'il avait envisagée en cas de modification de la loi sur l'audiovisuel mais que celle-ci n'étant pas votée, il n'en était pas question [1]. J'étais sur le plongeoir de leur magnifique piscine. A l'ultime élan, une fois dans les airs, ils videraient l'eau.

Le soir, heureusement que la décontraction est un vrai travail d'impassibilité, il y aura une émission et je me découvrirai dans le petit théâtre de la cruauté des Guignols, tenu en laisse par Alain de Greef sur le chemin de TF1.

Ils avaient en plus décidé d'être élégants...

1. La rondeur du messager me fit avaler cet énorme mensonge.

> Esclaves d'un péché qui vous maintient en deuil
> Vous tordez l'assassin par mes poignets d'écume ;
> Ses cris, ses crimes bleus égouttent dans votre œil
> L'encre qui vous révèle et de mort vous embrume.
>
> Jean Genet.

20 mars.

La lecture est mon seul euphorisant pour sortir de la tempête. Un samedi de météo maussade. J'ai été père divin et femme de ménage accomplie. Mes enfants dorment ou s'éclatent. Il est minuit. Il est temps.

Les pupilles outremer de la photo du plus jeune me fixent. Le cadre posé sur le bureau est rouge. J'ai pris une douche, la main saisie par la fraîcheur de l'eau et l'épaisseur de ma taille qui d'habitude se dérobe. Je suis ça aussi : une pauvre âme et de la viande de quarante-sept ans. Je n'ai pas vraiment le courage d'affronter ce regard de photo qui me supplie d'exister enfin ! Je m'insulte silencieux, calé dans un vieux fauteuil aux armes d'Angleterre. Je m'insulte humide et tremblant. Joseph dort dans sa chambre mais son image me foudroie. Une bulle imaginaire s'échappe de ses lèvres : « vas-y... venge-toi... venge-toi... ».

Sa mélopée me siffle au garde-à-vous de son courage de papier glacé. J'essaye de lui échapper. Mur de droite, photos mondaines, souvenirs de fin d'émission. Sans intérêt. A part De Niro pour faire chier ceux qui m'aiment tant. Mur de gauche, je replonge. Triptyque des années 90, la honte ! Une série qui m'obsède : Sasa Vlacic, berceau foudroyé par un sniper (cliché n° 1). Le corps de sa mère ensanglante un pavé de feuilles mortes (cliché n° 2). Les gens courent, puis (cliché n° 3), son père retrouvé par le photographe quelques jours plus tard, dans un cimetière agenouillé devant une dalle, qui dépose sur le sol une rose jaune. Sans pleurer. Sur la pierre, le burin a tracé à la hâte « Sasa Vlacic (1991-1992) ». Il avait un an.

Joseph m'a eu. Quelque chose monte comme une chanson des Balkans... « Les vieux papas sont les meilleurs... » L'euphorie brise ma fatigue. Le front est bouillant, le nez reste froid. Ultime tentative pour gagner du temps et de la légèreté. Je me précipite sur le CD du Barry White grec – George Michael – qui traîne sur mon bureau. *Ladies and Gentlemen*. Cymbales roucoulantes d'Anglo-Tropézien merdique et autobronzé : j'adore ça ! Presque autant que Liszt par Duchâble. Au départ, statique, le portrait de mon enfant Jésus s'anime. Donald, mon autre fils, dort lui aussi et pourtant les mots de sa vie actuelle de petit homme de douze ans me sautent à la gorge : « Bonne année mauvaise santé ! Je te serre pas la main, question d'hygiène. »

L'homme désavoué se caractérise souvent par l'importance de sa pharmacie. De ce point de vue, j'ai déjà un pied dans le XXIe siècle même s'il n'est pas certain que j'aurai le temps d'en vivre une grande partie. Tel Savonarole, sur la grand-place de Florence, je vous prédis à l'avance que le XXIe siècle négligera la trahison, le mensonge et les déportations de masse pour le désaveu tranquille de tous ceux qui ne feront pas l'affaire. C'est sans risque et certain. George Michael miaule comme un dément en costard prune, déguisé en Duc de Guise saisi par la crise de nerfs. Cette mode de la barbiche dessinée comme un jardin à la française m'a toujours prodigieusement exaspéré. C'est la révolte version coiffeur. Fin de siècle et gel hydratant. Je déconne mais en attendant j'ai trempé la moquette avec l'eau de ma douche. Joseph m'a tétanisé. Le rouge de son cadre hypnotique m'envahit. Je deviens rouge. Je suis rouge. Tomate et anglais. Ces années de bonne éducation commencent à m'exaspérer. Le silence est un sport de riche. Or, lorsque j'ai voulu raccompagner Juliette (eh oui car j'ai aussi une grande fille) pour l'aéroport, ma carte de crédit a répondu que le montant était dépassé. Elle est partie à New York avec cinq cents balles. C'est mon côté père indigne. De la décontraction avec l'argent, on est passé, avec les années qui s'écoulent, au grotesque d'une vie qui veut garder un parfum d'adolescence et qui ne s'économise pas. Qui n'économise rien. Parfois, certains matins, je me lève devant l'armoire de toilette et les trois glaces en angle, comme un tableau de Francis

Bacon, surprennent le visage un peu trop mûr d'un homme imprévoyant qui a toujours cru qu'il s'en sortirait avec grâce. Ce temps est révolu. Mon salut : passer de l'image aux mots comme vers une rédemption. Mais pour cela, il existe un chemin nécessaire : la violence symbolique de la vengeance... Je suis en train de m'endormir sur mon bureau. Le rêve s'empare d'un corps alourdi... j'entends une dernière phrase comme pour monter à l'assaut d'une colline perdue : celle de mon existence...

« ... Bonaparte exténué, Nicholson d'opérette, je vais tailler dans ta vie... »

Tu m'as fait souffrir parce que tu souffres. Tu m'as engagé pour te protéger. Je vais tailler dans ta vie. Evidemment pour rire, pour rire de ton futur effroi lorsque tu me liras. Tu l'as cherché, comme les Guignols qui m'ont mis un soir un flingue sur la tempe. Je te condamne à mort, je te condamne à avoir peur du rêve qui est en train de m'envahir. Au fond je suis un cadre moyen qui tourne au tueur de McDonald's. Sache qu'il ne peut pas y avoir deux Néron dans ma vie.

Voilà exactement ce qui se passera. Une nuit, dans ta tour du XVe arrondissement pompidolien, tu seras seul, toi qui te prends pour un fils de Guy Debord, naviguant entre tes meubles 1930, une cassette de John Woo et un vieux 33 tours des Soft Machine. Plus de vin, de l'eau et des médicaments. Sur les murs, d'horribles tableaux hyperréalistes de John Kacere, femmes roses aux petites culottes bleutées plus sordides et inintéressantes que tous les dessins de Vargas qui rythment ta chaîne. Enfoncé dans ton fauteuil, tu es face à un grand miroir que tu évites. Silence et pénombre.

Tout à coup, tu ne pourras plus te dérober à ton visage reflété car une lumière jaune apparaîtra dans la glace. Une torche qui cherche le chemin qui peut l'amener vers toi. Le halo lumineux s'amplifiera dans cet appartement réservé aux hommes. Tu ne peux pas bouger de ton siège car tu n'as plus de force depuis trop longtemps et puis tu adores la crainte, tu sens qu'elle s'approche via ce gyrophare indiscret et insistant.

Je ne sais pas si ce sera moi directement ou si mandat aura été donné à des Ombres mais de toute façon, tu les verras apparaître derrière toi dans la glace... Dans la nuit, la crainte est extrême et le vacillement définitif. Par où sont-ils entrés ? Tu n'en sauras rien. Que viennent-ils faire ? Tu n'en sauras rien. Tu ne bougeras pas, fasciné par ce commando en train d'exécuter la mission de mon rêve d'un samedi soir. Suivant mes instructions, ils se contenteront de te toucher l'épaule pour que ta peur soit éternelle. Ils le feront au nom de tous les désavoués qui ont enterré leur révolte. Mes anges exterminateurs d'un soir seront les marins de ton inhumanité. Pour tous ceux que tu as humiliés par ton faux silence de demi-bègue. A toi, le quatrième auteur des Guignols, celui qui ne raye pas les mots qui blessent, je dédie cette vengeance. Tu ne peux que l'accepter, toi le parangon de la liberté. Toi que j'ai entendu revendiquer dans un feulement gauchisto-poujadiste... ta haine « de ces connards du cinéma français » qui ne comprennent rien aux accords tentés entre Murdoch et Canal Plus. Ose dire que tu ne me l'as pas dit !

Le pire, c'est que tu as cru que la violence, l'hypocrisie et un chèque allaient me faire taire. Tu auras beau mobiliser tous les services de presse de la planète cryptée, emmener en voyage tous les journalistes complaisants pour leur vanter les mérites de ta sitcom mondiale, les Ombres t'auront touché les épaules. Même Gaccio, l'âme des Guignols, ton épais spadassin, ne pourra plus rien pour toi. Avec la délicatesse qui le caractérise, il proposera de répondre au toucher d'épaule par une baston anonyme. A plusieurs reprises d'ailleurs, il en avait menacé Ariel Vizman qui avait osé dire que son petit théâtre de la cruauté avait la couleur de l'étoile jaune que l'on épingle et un parfum fasciste.

Bien évidemment, je sais que tu ne m'as pas collé à la porte seul. Et c'était votre droit. Mais m'informer une demi-heure après *Voici* sonne la fin du monde des civilisés. A un autre moment et dans d'autres circonstances, j'aurais parfaitement compris et nous serions restés camarades. Mais « camarades » est un mot pour lecteur de *L'Humanité*, pas pour informateur de *Voici*. Malheureusement toi et tes amis, vous avez une fâcheuse tendance à vous prendre pour Marco Polo, le pouvoir, la puissance moderne, les incontournables fabricants de talent. Heureusement qu'Hollywood n'habite pas le XVe arrondissement. N'est pas le Dernier Nabab qui veut. Cette expérience conforte ma certitude. De nous deux, c'est moi l'enfant du rock.

Le bateau, pour être ivre, ne doit pas faire eau de toute part...

Michel Deguy.

22 mars.

C'est marrant le 22 mars ! Qui, dans ma génération, peut échapper à cette date qui assomme les plus jeunes qui ne veulent plus entendre parler des souvenirs gâteux d'un soixante-huitard attardé ? Mon père me fait plaisir. Ce charmant vieillard de soixante-dix-huit ans m'explique au téléphone qu'il va voter Cohn-Bendit, quoi qu'il arrive et quels que soient les candidats aux européennes... uniquement pour emmerder les autres et leur stratégie présidentielle à la « mords-moi-le nœud »... « Chirac et Jospin dans le genre... toi, Français débile... moi, candidat... moi, pas dire que je suis candidat... moi, penser qu'à ça... être candidat... mon silence est une parole... mon gouvernement, une écriture... et je t'enculerai jusqu'à l'éternité... »

Et papa de hurler dans le téléphone :

— Mais ils nous prennent pour des Congolais haute époque, ces deux connards : le Vertueux et l'Incapable !

Lulu n'a pas tort. Quand je pense que ça fait plus de vingt ans que Chirac est candidat aux présidentielles et que les bars-tabac ne s'en lassent pas. Alors que depuis qu'il est à l'Elysée, à part l'armée et le *De Gaulle,* sa barcasse qui ne marche pas, il a beaucoup raté, trop !

Quant à Michel, son vieux copain, il ne décolère pas :

— L'euro, ce n'est pas vraiment lui. La politique étrangère de la France, ce n'est pas lui, adressez-vous à l'Alliance Atlantique ! Tiberi, il ne connaît pas ! Roland Dumas, il le couvre ! Le RPR n'existe plus car il n'aime ni Séguin ni Sarkozy, or les autres sont des caves à l'exception d'Alain Juppé qu'il a entièrement carbonisé en lui faisant faire, ou en le laissant faire l'exact contraire de ce qu'il avait promis lors de la campagne électorale. En quelques mois on est passé de la fracture sociale qu'il fallait résoudre au choc fiscal de 95 qui a porté sur 2 % du PIB et qui a assommé la reprise économique pour deux ans [1]. Bien joué Jacques ! Le plus amusant c'est qu'il doit se dire qu'il a une chance de l'emporter en 2002 parce qu'il n'a rien fait et qu'il ne veut rien faire. Remarque, en 2002, le RPR sera peut-être à 4 % dans les sondages. Il suffit qu'il ait encore une idée et les gaullistes y vont tout droit...

Droit dans le mur ? En politique, il n'y a jamais de point final...

De toute façon, ce mandat de sept ans est une absurdité tricolore totale... Dans les entreprises, les contrats sont de plus en plus délivrés à durée déterminée. Les couples divorcent à tour de bras. Le sexe clandestin triomphe au bureau, à l'hôtel, et au cours de multiples réunions ou rendez-vous imaginaires. Bref, tout le monde fait sa valise mais

1. Avec l'énorme avantage de nous permettre d'accéder à l'euro.

Chirac reste. Je ne sais pas s'il est le garant du bleu, du blanc, du rouge ou de la Kronenbourg à l'Elysée mais l'homme, par ailleurs si sympathique, ne bougera pas avant 2002 sauf si on lui envoie l'armée. A qui peut-on faire croire que la France est une démocratie puisqu'elle n'arrête pas de recycler les perdants alors que dans les autres pays, le plus souvent, ils passent, ils trépassent...

Jospin est un exemple inouï. Papa est plutôt à droite, mais aime Jospin pour avoir été son voisin à la campagne et me rappelle qu'un matin de la cohabitation avec Balladur, Jospin est arrivé chez Elkabbach sur Europe 1 pour concéder à un auditoire frissonnant d'émotion qu'il en avait par-dessus la tête de la politique, qu'il arrêtait tout, qu'il passait à autre chose. Tout juste s'il n'allait pas s'acheter d'urgence un cabanon dans le Vaucluse ou une datcha dans le Poitou pour lire, s'étouffer de culture, sentir la mer même s'il est à la campagne et inonder cette âme fragile d'humanité, car le Lionel de cette époque-là étouffe et on lui fait des misères, même au Quai d'Orsay, en lui refusant une hypothétique ambassade.

Le croyez-vous, c'était il y a moins de cinq ans. Tout bonnement hallucinant ! Entre-temps, notre protestant a fait jaillir de son cœur le droit d'inventaire transformant les cendres de Mitterrand en microns de confettis, laissant Fabius se débarrasser du sang, profitant de l'abyssale andouillerie de la dissolution qui a permis en une poignée de secondes de transformer une minorité en majorité. Depuis, Lionel triomphe, le retraité de 95 est le futur président de la République. D'ailleurs, j'étais assis entre les deux pour le dernier débat des présidentielles et personne ne souhaitait l'emporter ce soir-là. Chirac voulait un petit match nul qui en ferait un vainqueur et Lionel Jospin était, lui, tellement content d'être arrivé en finale, qu'il n'a même pas sorti le couteau qui lui aurait permis de gagner sept ans sur ses ambitions.

J'adore la politique et au fond, je les aime beaucoup mais peut-être ne suis-je pas assez raffiné ou trop enfantin pour entendre et assumer tous ces mensonges. Mon fantasme de vengeance avec de Greef est d'un grotesque absolu (quoiqu'une petite baffe...). Ma tristesse m'attriste... mais je m'en fous. Je voudrais te saisir au collet, te taper dans la gueule, lecteur, te broyer le sexe, te défigurer, pour qu'on se mette tous, un soir, d'accord : nous en avons plein le dos de nous faire enc... par ces puissants qui jouent, particulièrement en France, avec la vérité et le mensonge. Entendez-moi bien, je ne suis pas le chérubin rosâtre de l'innocence bafouée. Orson Welles fut le cinéaste de ce couple infernal : la vérité et le mensonge. Mais là, nous sommes dans le « trop ». On nous l'a trop fait. Et ce qui fait rire la France entière quand il s'agit de l'Etat, devrait faire trembler nos squelettes et leur peau. Un jour, Michel Houellebecq m'a raconté qu'il avait découvert qu'il existait dans certaines entreprises... « des séances de secouage de cadres ». On verra des types se flinguer, puisque l'exemple vient d'en haut (de l'Etat) en bouffant trente tonnes de Lexomil inondées de trois bouteilles de brouilly qui elles-mêmes snifferont de la coke.

Y a-t-il une seule personne dans la salle qui ne sache pas qu'on lui demande une mission impossible ? Il faut être clean, mais mentir... Installer deux personnes pour le même poste, voire trois. Voter à gauche le dimanche tout en licenciant en semaine... Surtout ne pas baiser à l'excès because the maladies ! Réussir, réussir mon fils, ma fille pour avoir une Gold et trois ulcères. Une Gold et un psychiatre. Une Gold et un ostéopathe. Plus nous souffrons des missions impossibles qui nous sont offertes, plus pullulent des aides-soignants qui nous massent les pieds pour nous soulager le cœur, qui nous font bouffer du Tranxène par boîtes pour que nous n'envisagions pas de retourner définitivement à la plage. Il n'y a plus la moindre idée de révolte en circulation. Les « rebelles » font vendre des lunettes de la marque Police. On est dans le « n'importe quoi » civilisé. La World Company, et je rends hommage aux Guignols, est la vérité absolue du mensonge quotidien.

Ce qui m'exaspère avec l'Etat, c'est qu'ils ne veuillent plus donner l'exemple de la décence. Ce qui m'exaspère chez de Greef et tous ceux qui ont pris cette décision, n'est évidemment pas qu'ils me remplacent. Je suis le premier à savoir qu'il n'y avait pas écrit « Charly et Lulu » sur mon front. Je ne suis pas l'empereur des 15-34. Ce n'est pas ma vie, ce n'est pas la leur. Mais alors, pourquoi m'avoir fait boucher ce trou ? Oui, je suis vulgaire. Oui, je suis en colère. Rien de tout ça n'était contenu dans les conversations du début. Pire, un an après, les couloirs de Canal bruissaient déjà de l'arrivée imminente de Nagui, alors que rien n'était écrit nulle part. Comment ne pas avoir envie d'arracher les couilles de ce porte-flingue de la direction qui, un soir, a mouché une habilleuse parce qu'elle avait osé dire dans la salle de maquillage que Nagui arrivait demain, dans trois jours, à Noël ! On l'a menacée parce qu'elle se contentait de dire ce que tout le monde savait. L'un de mes copains de jogging, fervent du Paris-Saint-Germain, me racontait minute par minute les confidences de Mister Taratata qui inondait la loge du Parc des Princes d'informations sur son arrivée.

Je me serais contenté d'un tartare de saumon ou d'un menu à cinquante francs, d'une San Pellegrino mais putain de Dieu inexistant, de quelques mots dits en face avec franchise. Quand je pense que Jean-Luc Delarue, et d'ailleurs on a fini par en rire, un soir, dans un restaurant, se sentit obligé de me raconter dans le détail les tentations de De Greef, le brave Belge, lui demandant ce qu'il pensait de la venue de Nagui, voire de Dechavanne... Et nous, les Durand-Gildas-Bonaldi, nous étions chargés de faire marcher la machine jusqu'à exécution.

Défendre le crypté jusqu'à la fusillade. Gildas le sait mais il adore ça : durer. Voir un autre disparaître le renforce dans l'idée qu'une éternité l'habite car il était là au début, comme un apôtre avec le Christ... Ce qui m'arrive est vrai dans tous les bureaux. Il n'y a plus de contrats, plus personne n'est protégé de l'humiliation. On vous donnera de l'argent, un peu, beaucoup, énormément, mais il faudra se taire, car les types qui l'ouvrent exaspèrent tout le monde. La littérature française s'est régénérée par le sexe : Dustan, Houellebecq, Despentes et Christine Angot ; elle explosera dans une gigantesque jouissance lorsqu'elle mettra à nu, dans une partouze aux noms clairement imprimés, ces histoires de bureau qui font de nous à la fois des assassins, des victimes, des complices. Le gosse qui sourit à son père mais qui trente ans plus tard l'envoie dans une maison de retraite, seul. Saloperie de vie qui nous englue, où l'on perd la moindre dignité, jour après jour. Les dents tombent, les cheveux disparaissent, les liposuccions se multiplient, la vitamine s'avale, la peau devient un caramel mou ou fripé et au bout du bout, on vous offrira une montre pour trente ans de services rendus à l'entreprise.

Discours merdique du chef, soulagement du voisin de bureau.

Je ne peux pas vous épargner une petite histoire de chiottes. Donc, de Greef me parle un matin. Je rentre immédiatement dans mon bureau pour m'entretenir avec les gens qui travaillent avec moi. Leur mine, sincère ou hypocrite, est de circonstance. « Au revoir mon gros Dudu, on t'aimait bien. » Quelques minutes plus tard vient le temps de l'isoloir et de l'hygiène. Maugréant dans un silence que seuls perturbent quelques froissements de papier, puis plus rien. Même plus moi. Le rien qui s'étire, le vide qui s'installe. Rien. Rien de rien. Je me répète et je m'en fous. Je voudrais que vous sentiez ce poids du silence.

Et puis, tout d'un coup le paradigme de la saloperie de l'adulte. Je suis aux chiottes, assis dans un espace blanc lorsque j'entends des pas. Puis des voix qui ignorent ma présence et que j'identifie très rapidement : des proches. Un garçon et une fille qui depuis plus d'un an travaillent au même étage et qui, il y a un quart d'heure, me consolaient dans le couloir. Comme Cyrano, j'écoute, et j'écoute d'autant plus qu'il est très rapidement question d'un ami, en tout cas d'un type que je connais bien : moi. Et c'est un délire de haine. Pas le genre : « Bien fait pour lui, il nous cassait les pieds ! » Non, la haine, l'attaque basique. Ma gueule ne leur revenait pas, mes costumes les faisaient vomir. Je n'avais pas d'appartement, pas de maison, juste une voiture qui fonçait avec un cheval cabré. Pourquoi n'aurais-je pas droit à ce plaisir puisque d'autres s'endettent pour un trois pièces crasseux ? Pendant dix minutes, je fus éventré par les mots. Le marin de Belle-Ile était un amateur. Son couteau, une caresse. Comment ne pas avouer qu'un torrent s'empare de ma gorge pour finir par délivrer par les yeux des larmes de crocodile. Je m'entends prononcer : « Ce n'est pas vrai, pas lui ! Pas elle ! »

L'un des deux a voulu entrer... Un petit pipi encore, pour se soulager. Le chambranle de la porte agité dans tous les sens pour forcer un passage qui se dérobe. Moi, muet, humide, immensément triste, trahi, ridicule, planqué sur mon trône, ne pouvant même pas sortir pour les gifler. Un journal souillé traîne par terre. Je me force, m'accrochant aux phrases, pour échapper à leurs injures clandestines...

Ils m'ont tué, trois fois, dix fois. Je découvre un portrait de moi que j'ignorais. Une demi-heure plus tard, surmontant le malaise et installé dans mon bureau, j'entends frapper à la porte. Retrouvant une once de dignité je viole ma fatigue pour lâcher l'usuel « Entrez ».

Face à moi les deux fourbes souriants et attendris.

— Guillaume, on est vraiment désolés de ce qui t'arrive. On tenait à te le dire. Comme ça, tranquillement, entre nous. De toute façon, tu le sais, de Greef a toujours été un lâche.

Ils marchent sur le tapis que j'avais apporté un an plus tôt au début de NPA. C'est un carré bleu rehaussé de beige et d'or arraché à la chambre de mes enfants pour que je les sente sous mes pas, au bureau... Ces deux anacondas de la veulerie morale ne se doutent pas le moins du monde que je les ai entendus. Se lâchant de méchanceté dans les toilettes de l'entreprise.

Deux merdes humaines. Deux saloperies décontractées qui ont piétiné l'or et le bleu de ma famille. Je ne vous offrirai même pas le nom de ces deux sans-grade. Si Dieu existe, il leur pardonnera. Moi, à jamais, non. Si perdure la nostalgie de De Gaulle elle n'est en rien politique. Ce que l'on regrette chez le vieux dictateur, c'est l'exemplarité morale.

6 avril, le soir.

Nuit de bombardements. La guerre est en Europe. On ne voit pas vraiment la mort, on l'entrevoit. Des familles déchirées sont embarquées de force dans des avions.

Un soir, je rentre. Il pleut dans les rues du faux Manhattan de mon bureau. Sur la droite, plus loin, la silhouette de Narbé [1] serrant un corps plus petit et effondré. Les bras dans les bras. Lui regarde le ciel-lampadaire qui transforme la pluie en goutte d'or pâle. Elle est enfoncée dans lui. De chagrin. Il y avait eu

1. Bernard Zekri.

une fête pour la diffusion d'une soirée spéciale. Mais les os ne fonctionnent plus. Les médecins ont évoqué la fin et l'alcool qui illumine le regard a détruit la silhouette de cette femme d'une cinquantaine d'années qui pleure la pluie qui lui tombe dessus. Je m'arrête, marche arrière. Narbé gare sa moto et nous décidons de la ramener chez elle, rue Marx-Dormoy. Le trajet est une conversation sur le lynchage de ces voisins de bureau qui attendent de la voir tomber définitivement.

Qui remplit les verres de Brenda [1] à part leur méchanceté ?

Je me fous des autres versions, de ses faiblesses qui sont les nôtres et qui existent, je vois simplement une demi-vivante qui s'engouffre sous un porche. La radio de la voiture passe un vieil hymne de Led Zep. Il y a de moins en moins d'escaliers pour le paradis. Comme des millions d'entre nous, Brenda retrouvera une précaire sérénité dans le sommeil. Je n'ai pas une sympathie extrême pour les vainqueurs, fleurs de lys de la vie. Je respire comme une anémone dont les feuilles de

1. Responsable historique de la musique à Canal Plus.

velours violet s'effondrent avec douceur. Au fond, toute la journée je parle pour tout le monde, je parle avec tout le monde, je parle, je parle... Dieu écoute ces chants prolongés de l'adolescence, parfois émouvants, la plupart du temps vains comme les preuves de nos trahisons à venir. Mais lorsque le soir tombe, et qu'une nécessité d'écrire s'est dessinée, il n'y a pas d'autre solution que la solitude, il n'y a pas d'autre mission que de tracer des mots pour les perdants, Kosovar ou Brenda... Longtemps, j'ai cru à cette idée absurde d'un destin collectif... Il n'est collectif que dans la défaite. C'est la défaite qui nous rassemble. Les autres, les assassins, les triomphants, ils ne cherchent pas la phrase, ils échappent aux photos.

Sur ce, mon ex-femme téléphone. Elle veut de l'argent et des vacances car elle a un problème majeur avec le travail. Elle s'occupe.

7 avril, le matin.

Nous vivons des jours bizarres, le chef de l'Etat s'agite dans son bureau. Son Premier ministre pratique l'alpinisme dans la Beauce. Ils font la guerre. Ils ont raison mais ils cherchent une solution française, avouable, douce et mélodieuse pour un peuple qui refuse le « hard work » et le « hot news ». Un peuple qui adore qu'on lui raconte n'importe quoi pendant les campagnes électorales et qu'on ne fasse pas grand-chose après. D'ailleurs son tropisme profond reste le goût des hommes forts et des révolutions. La liste est infinie : 1792, Napoléon, 1830, 1848... De Gaulle, 1968 puis François Mitterrand dans le rôle du monarque rusé : un septennat pour les électeurs, un septennat pour les amis [1].

Vraiment bizarre ce pays. Les autres, tout proches, souffrent beaucoup plus que nous mais c'est pourtant ici que flotte un puissant parfum de désenchantement auquel je ne puis me résoudre. Pas une souffrance qui terrasse et torture les âmes muettes des dictatures. Une étrange souffrance démocratique... Curieux mélange de jeunes gens modernes fin de siècle (Houellebecq), de nostalgiques d'un Est puissant (tous les marxistes déguisés en gaullistes) et d'ennemis de l'Amérique (les mêmes dans l'autre sens). Ils se plaignent tous des murs mous de la liberté ! D'ailleurs, soyons clairs, moi aussi puisque je brame comme un cerf blessé et que Brenda me touche plus que Bill Gates. Pauvre petit Durand, il a mal à son travail ! Son ex-femme l'angoisse. Son fils aîné se prend pour Bob Marley et n'a pas la moindre idée de ce qui s'est passé en 1917. Je ne vous parle même pas du traité de Brunswick ! Mais est-ce que je suis vraiment bien certain de connaître Arthur, moi qui ne fais que le

1. François Mitterrand, ce frisson inégalé pour un journaliste.

croiser depuis un divorce nécessaire mais qui a certainement été une catastrophe pour lui... C'est banal mais c'est vrai. Tellement vrai pour nous tous.

Parfois, je prends la posture du pédagogue gonflant... la vie de famille n'étant plus qu'un trajet en voiture, je mets radio bombardements, avec la perverse arrière-pensée de lui expliquer, à la fin du flash, la tragédie yougoslave depuis la mort de Tito. Je le regarde, il me regarde. Je l'aime et je perçois une très légère béance de ses maxillaires. Inondé de bonheur, le tartufe de l'enseignement que je suis pense que son fils va embrayer de Tito à Milosevic. Mon cul sur la commode ! Il se retourne vers moi, sourit et me lâche, désarmant, sa requête :

— Ce serait bien que tu me trouves cinq places assez rapidement pour aller voir Jamel...

Dire qu'il se branle du conflit yougoslave est un euphémisme ! En tout cas c'est l'impression que j'ai car en fait, je n'en sais rien. Je ne sais rien sur un type de dix-sept ans assis à côté de moi dans une voiture et qui est mon fils depuis dix-sept ans. Sueur et vertige. J'essaie de me consoler en me disant que son copain de Jamaïque, dread locks et compagnie, n'est autre que le fils de l'actuel ministre des affaires étrangères : Julien Védrine. On se sent moins seul. J'écris aussi pour lui, pour eux, mes enfants.

Ce cap sur l'impudeur me gêne car il y a une vraie obscénité de la littérature télévisée. Le roman de présentateur. Le « choses vues » du studio. On ne devient pas écrivain au milieu de sa vie. Personne n'a jamais entendu parler d'une épidémie de sculpteurs à quarante ans. De littérature, si ! Qui n'a pas sous le coude son petit roman d'initiation, sa blessure secrète, son mystère ? Je n'y échappe pas. J'ai, d'une certaine manière, la sincérité ridicule mais il n'y a pas que des Livres majuscules. Je me souviens d'une journée ensoleillée aux Archives nationales pour un travail universitaire sur les sociétés républicaines au XIXe siècle. Cavaignac, Raspail et les autres. C'était il y a trop longtemps, l'époque où je croyais encore en mon avenir de professeur. J'étais tombé par hasard sur le journal anonyme d'un bourgeois sous la Révolution française. Si l'on doit parler de plaisir, il m'en procura autant que la lecture d'*Ulysse* de James Joyce. Je me sentais si proche de cet homme de la rue des Guillotines, si proche des travaux des historiens de l'école des Annales, si proche des 20 millions de Français et si loin de Louis XIV pour paraphraser le titre de l'un des livres de Pierre Goubert. Au fond, la fréquentation des grands me terrorisait. Bon historien, je fus un mauvais philosophe à l'école... Et lorsqu'il fut question de donner à mon existence une direction définitive, je décidai de m'installer sur le trottoir avec vue sur la vie et les rues. Inévitable conséquence de 68 pour ma génération. (Depuis, on m'a suffisamment rappelé que je faisais le trottoir.) C'est presque avec furie que je devins journaliste car plus que les mots, ce sont les idées qui me terrorisaient. Comme tous les étudiants, j'avais lu avec passion les livres de Michel Foucault, *Surveiller et punir* surtout, mais, petit vacancier de l'écume atlantique, j'avais Lanco et ses borborygmes meurtriers dans le dos. Vingt ans, c'est l'âge de la glorification de la marginalité, de la déviance du « pas comme tout le monde », de la différence. L'avenir se confond avec les pétards et la moquette. Les fils de bourgeois hurlaient à la révolution, réclamant « des camps de travail pour la jeunesse », maintenant c'est pire, ils hurlent à la mode.

J'ai fait tout ça jusqu'à m'en rendre malade mais même au plus profond de l'ivresse, je n'y ai jamais cru. Et je suis vraiment tombé malade, jeune bourgeois perdu noyé dans les valeurs contestataires des années 60 mais poursuivi par un assassin. Là, il aurait fallu que je puisse parler à quelqu'un qui me domine. C'est tout l'enjeu d'une éducation.

Un matin de printemps, j'ai pris le métro pour la Maison des examens à Arcueil. Au bout il y avait l'agrégation. Je ne savais rien sur rien, comme Arthur. Il me restait deux armes pour la suite : les musées visités avec mes parents et un professeur d'histoire comme on en rêve tous, M. Zweyacker. Grâce à lui, j'ai rapidement compris la différence entre les mondains et les grèves. Ça suffit pour voter régulièrement à gauche mais les idées restaient obscures : ces ombres de T.S. Eliot qui planent sur nous.

La peur bleue

Il y a une chose que je ne comprendrai jamais avec la République française, c'est sa volonté de nous enfermer dans les frontières, dans un nationalisme qui meurtrit des vies à deux heures de Paris. Oui je suis français. Et alors ? Est-ce que j'ai une solution pour le reste de la planète : non. Alors conversons avec les autres. Pas plus fort que les autres. L'argent est maintenant partout. A un moment ou à un autre, nous serons tous virés pour ne pas avoir suffisamment assuré sa rentabilité et son image. Il n'y a plus d'autre position que celle de millions de petits Rimbaud, sans texte, installés sur des terrasses qui dominent le monde. Nos têtes sont toutes dans le viseur d'un fusil à lunette. World Company again !

Mais là où je ne suis plus les Guignols, c'est lorsqu'ils deviennent les accélérateurs des contrats passés contre les plus faibles d'entre nous. Tirer sur Virenque, c'est tirer sur la tristesse. Et c'est parce que c'est drôle que c'est encore plus triste. Pour lui, pour nous. Aujourd'hui, l'ironie, la dérision et la jeunesse sont les complices les plus sûrs de l'argent. Attention à la petite morale des tueurs à gages.

Avec le recul et les années, je suis de plus en plus certain que le seul rempart que peut construire l'humanité pour se protéger de sa propre sauvagerie, reste son aptitude à la culture. D'ailleurs, depuis la fameuse nouvelle du lundi matin, j'ai vu défiler toutes les attitudes : les faux tristes, les vrais gentils, les hypocrites, les « bien fait pour sa gueule », les attentifs, ceux qui ne perdent pas de temps et qui veulent devenir mon producteur. Delarue a attendu deux jours pour téléphoner (après *Voici*), Dechavanne quatre, mais c'est parce qu'il voulait être certain que Nagui avait signé. Field [1] avait une excuse, il m'avait invité une semaine avant pour un dîner prévu une semaine après. Poivre m'a demandé de faire la cuisine chez lui et m'a proposé la direction d'un magazine masculin. Ça a été dur parce qu'il n'y avait rien dans le réfrigérateur ! Il m'a toujours pris pour un prof de gym mais probablement aussi pour son plus dangereux rival et ami. Dans ces conditions, un soupçon de gueule de bois peut vous envahir. Je décidai d'aller voir

1. Field, Delarue et Poivre : de vrais camarades de bourrasque. Humains.

l'exposition Mark Rothko au musée d'Art moderne de la Ville de Paris. Enfin de la lumière ! Car je n'ai aucune envie de finir comme les fusillés de Goya, l'œil rond et vide.

Ils m'ont raté. A bout portant. Ce qui mène à la renaissance.

A la gaieté.

A la résistance contre le mal dissimulé derrière la vertu.

Débusquer les assassins dans leur honteux repaire.

William Shakespeare.

14 avril, le matin, il pleut.

Il y a des moments où l'on ne peut pas échapper au grand air de la tragédie. De la trahison.

Je fus marié dix ans avec Muriel. Le corps de son père, Daniel, repose au Béchir, jardin du Golfe du Morbihan, entre Béninze et Arzon. Là-bas la pierre est brute. L'air tonique, les courants violents. Son petit avion s'est écrasé lorsqu'elle avait quatorze ans, au cours d'un vol de routine. Une aile sculptée domine la tombe dans les fougères. Le destin est incroyable. Daniel était sorti indemne des camps. Après la guerre, il s'attaque à l'édition et à la publicité. Reconstruit tout. Fonde une famille à la Kennedy. Tous beaux et distingués. La Bretagne l'ensorcelle. Avec son premier argent, il achète des petites parcelles lors d'interminables week-ends de conversations et d'amitié avec les paysans du Golfe. Ce qui s'est passé... personne ne l'a jamais vraiment su. Comment ne pas rester inconsolable quand on est l'enfant de cet homme ? Je pense à Muriel, Monique, Jean, Jean-Marc (qui prit la mer après Polytechnique), Véronique et Brigitte. Je pense surtout que je n'ai pas su prendre la suite. Trop jeune, trop de travail. Trop d'ambition, trop de télévision, trop de tout...

La couleur de ma peur est certainement marquée par cet autre océan : l'incertitude. Ne pas être à la hauteur, être taraudé comme les pères, comme tous les pères que nous sommes par l'idée de céder avant l'heure. La foudre sur l'aile d'un avion, la crise cardiaque. Le hasard. Et ce qui est effrayant, c'est que nous partageons tous cette hantise de la disparition prématurée et pourtant, dans un bel ensemble, nous nous employons tous quotidiennement à ralentir la vie des autres, à les blesser. C'est la haine qui domine, pas l'amour : legs de Freud. En divorçant, j'ai trahi, j'ai assassiné, j'ai perturbé mes enfants. Comment leur expliquer que je n'avais plus de désir ? A-t-on vraiment le droit de leur dire que l'on ne baise bien (trop souvent), qu'avec des gens que l'on n'aime pas vraiment ?

Il y a des années à Biarritz, je dormais à l'Impératrice Eugénie. Nuit profonde, le corps brisé par le soleil et la claque des vagues, les cheveux d'algues séchées frottant contre le coton des draps blancs. Un œil s'ouvre. Le plaisir de sentir que l'on s'éveille, que l'on sourit, que le cap est momentanément mis sur le bonheur. Je secoue mon grand corps d'endive pour aller écarter l'épouvantable rideau d'hôtel où un renard court derrière une biche qui elle-même court devant un chasseur qui tire en l'air, fier comme un tricorne. On ne s'appesantit pas assez sur la laideur absolue de l'esthétique hôtel-restaurant grand genre. Etre heureux, c'est oublier... donc, je m'oubliais... Et puis... et puis ?

Plus violent qu'un jab du gauche croisant le menton d'un boxeur qui aurait dû rester chez lui, je découvris, à travers la fenêtre, posé sur le sable, un énorme cargo russe dévorant l'espace. La plus ahurissante vision de ma vie. Quarante mille tonnes de rouille négligemment installées sur la plage. De ma chambre, il n'y avait presque plus de ciel. Les cabines du vaisseau fantôme étaient à dix mètres de mon balcon. Incroyable face à face entre un hôtel second Empire et cette masse de fer qui commençait à servir de caisse de résonance aux bourdonnements des centaines de Biarrots qui n'en croyaient pas leurs yeux. Première urgence : mettre un caleçon et descendre. Le type croisé dans les couloirs m'explique que l'on a échappé à la catastrophe. Le cargo tiré par un filin était acheminé par un autre navire vers un cimetière marin du Golfe de Gascogne... Mais la tempête n'a cure des enterrements. Le filin s'est rompu. Le Russe s'est mis à dériver, poussé par les vagues, poussé par le courant. Les marins sans solde qui étaient à bord ont pris les chaloupes pour prévenir la terre de cette improbable catastrophe. Une montagne de fer poussée par l'océan était prête à percuter la ville. N'importe où, n'importe quand... Je suis arrivé sur la plage et les explications se sont précisées. Toute la nuit, la mairie a été en alerte, impossible de rattraper le bateau. Il approchait, il approchait... il a évité une digue, un phare, des rochers et puis le miracle d'un invisible capitaine l'a échoué sur la grève, face à un hôtel. Vagues, acier, échouage... je n'ai rien entendu puisque la nuit fut divine. Le sommeil s'habitue à la puissance du ressac comme à une musique légère et répétitive.

Tel le campeur ahuri, bermuda et tongs, je suis maintenant au pied de la masse et du miracle. Dans ces cas-là, il y a toujours des sirènes qui retentissent. Mon pote, le patron des maîtres nageurs sauveteurs, se contente d'un très léger sourire. Pas trop, car le sel, depuis des lustres, a endolori ses joues. Pour moi, il est l'océan, *Le Vieil Homme et la mer* d'Hemingway. Comment ne pas penser à *Lord Jim* de Joseph Conrad, à *Moby Dick* d'Herman Melville, au *Rivage des Syrtes* de Julien Gracq, à *Barrage contre le Pacifique* de la petite Marguerite... Tout ce que la littérature doit à l'eau et à son imaginaire. Je sens déjà les aigles dans les airs des Pyrénées tout proches, croyant apercevoir un énorme cadavre de baleine sur la place de l'hôtel du Palais. Ils sauront plus tard que ce matin-là, la baleine était en fer... J'emprunte un chandail car il fait froid, l'heure est au premier café. En marchant sur le bref chemin du retour, je compris mieux la mélancolie qui nous envahit tous, ceux qui n'ont pas d'œuvre à délivrer, c'est-à-dire vous et moi. L'homme ordinaire est un cargo qu'aucun port n'attend.

15 avril, demi-soleil.

Même à Paris, le plaisir du voisin existe. Joachim a vingt ans et ressemble à une pub pour Calvin Klein : beau, clean, un mélange entre la mauvaise mine et le hâle. Allure générale kaki, froc baggy, tee-shirt blanc et un petit moulé de chez Caramel comme pull. L'œil est ultra-délavé comme un 501 mais lumineux comme un bleu de Fra Angelico.

Bonjour voisin, il s'assoit, je m'assois. Evidemment, il m'envoie un « monsieur » qui contribue à m'asseoir définitivement. De son point de vue, j'appartiens au clan du vieux pas trop con qui pourrait lui permettre de faire de la télévision. Car Joachim a un projet. Et autant vous le dire tout de suite, il est formidable, réconfortant, intelligent, il enquête sur le Syndrome de Stendhal. Car ce cher Stendhal, Henri Marie Beyle de son vrai nom, est à l'origine d'une maladie répertoriée par la psychiatrie, qui consiste à s'évanouir dans la contemplation d'un tableau.

« Absorbé dans la contemplation de la beauté sublime, je la voyais de près, je la touchais pour ainsi dire. J'étais arrivé à ce point d'émotion où se rencontrent les sensations célestes données par les Beaux Arts et les sentiments passionnés. »

C'est le mal du beau ! La maladie divine de celui qui prend corps avec l'univers de la peinture, qui s'investit dans son action. Stendhal connut cette crise en 1817 dans l'église Santa Croce à Florence et aujourd'hui encore, ce syndrome que me raconte Joachim est étudié par une psychiatre italienne qui travaille à l'hôpital Santa Maria Nuova. Il paraît que des centaines de touristes sont terrassés par cette extase en plein milieu de leur voyage initiatique. Cette maladie est peut-être le stade ultime de l'émotion esthétique... *« A ceux que préoccupe la beauté de la forme, nulle autre*

chose ne paraît d'une grande importance. »
Oscar Wilde.

De toutes mes forces, je vais l'aider. Par expérience, je sais que présenter un projet aux chaînes de télévision qui évoquent l'art ne peut que les faire fuir. Dans ce domaine, le comble du comique est peut-être la lettre-réponse que m'a adressée mon bien-aimé président Pierre Lescure comme proposition de travail après « Nulle part ailleurs ». En substance, il aurait souhaité que je devienne une sorte de ministre de la culture du groupe. C'est leur conception du placard : la culture. Défendre un truc qui ne sert à rien avec un mec qui ne sert à rien [1]. Nuance, ils sont dans le divertissement, d'ailleurs avant-hier soir à NPA, l'ultra-puissant patron de Miramax Harvey Weinstein, dix Oscars à lui tout seul récemment à Los Angeles (*La vie est belle* et *Shakespeare in love*), eut droit, aux abords de la salle de maquillage, à une cour intense de quelques hiérarques du groupe... « Harvey, je t'en supplie, laisse-nous te lécher le cul

1. Curieux air du temps qui assimile trop souvent aujourd'hui la culture à l'inutilité, voire à la puanteur et au mépris.

intensément... Toi le Daryl Zanuck des temps modernes. » Je m'amuse car Harvey vient parce qu'il m'aime bien et se fout ostensiblement de la noria de flagorneurs qui bavassent dans son périmètre.

La fin de matinée n'est pas terrible. *France Soir* m'éloigne de Stendhal. De Greef, à mots couverts, explique pourquoi il n'a plus besoin de moi. Trop vieux, pas assez de nouveautés, n'a pas suffisamment rénové « Nulle part ailleurs » et s'est installé dans les chaussons de Gildas. C'est toujours réjouissant de lire la prose d'un type porté par un autre porte-plume et qui soit autant truffée de mensonges. A peine étais-je arrivé qu'ils ont beaucoup fait pour que NPA n'évolue pas, tout fait pour me flinguer. J'ai même lâché, une nuit de décembre de l'année dernière, une larme face à lui tellement j'en avais marre de piloter son bateau lâché dans la tempête qu'il organisait [1]. Ce type est un monstre d'ambiguïté. Et là on rejoint, au-delà de l'audience, la préoccupation de tous les patrons de pro-

1. C'était dix minutes avant d'accueillir pour la première fois sur le plateau Antoine de Caunes.

gramme qui ne sont pas à l'antenne mais dans leur bureau. Ils vous achètent pour se protéger car c'est leur créativité qui est en jeu. Ils veulent des parts de marché, la bénédiction de *Libération*, le charme d'Ava Gardner et de Gérard Philipe, le tout mâtiné de Quentin Tarantino à la sauce Gap. Sinon ils s'ennuient. La vie de bureau est tellement monotone. De ce point de vue, j'ai une certaine admiration pour Jean-Luc Delarue. Quand il a senti qu'Elkabbach cherchait à le tuer en ne respectant pas les contrats exorbitants qu'il avait lui-même signés... le beau Jean-Luc lui a fait comprendre que « coucher » avec un jeune avait un prix!

Elkabbach l'Oranais a eu le tort de se prendre trop longtemps pour Albert Camus conversant avec le pouvoir. Tous les pouvoirs. En quelques passes d'armes, son destin est resté sur les rives. L'apprenti Camus était en fait un Pasolini sans grandeur. Puisqu'il avait flirté avec la nouvelle adolescence, il devait payer le prix fort. On lui a rappelé que le service public n'était pas une plage la nuit. Il allait mourir. Il est mort. En tout cas c'est ce que les médias disent, écrivent. Puis ils formuleront le contraire puisque, à chaque fois, JPE revit, repart, se lève, dégage son ski de l'avalanche et réattaque, une fois, deux fois, sept fois. Il m'a donné de l'amitié et un peu de venin. Qu'il en soit remercié. Au moins nous ne nous ennuierons pas avec le temps qui reste.

16 avril.

Très vite, j'ai su que je n'arriverais pas à effacer la légitime nostalgie de l'exceptionnel Feydeau-Rock qui a enflammé les saisons, les équipes et le regard de ceux qui ont aimé et aiment Canal Plus. Je regrette profondément de ne pas avoir su les convaincre que quelque chose d'autre était possible.

Je dévore un sandwich ensoleillé de tomates dans les magnifiques jardins du Parc André-Citroën qui jouxtent l'immeuble hérissé de coupoles satellite. Il fait beau et pendant une demi-heure, seul et silencieux, je décortique et savoure les arêtes et les intentions de l'architecte. Et puis soudain une irrépressible brûlure. J'ai échoué !

Sur ce, le bizarre monte à l'assaut. Pourquoi, il y a quarante ans, papa a-t-il acheté un petit cimetière désaffecté jouxtant une église campagnarde pour en faire un jardin des délices et un lieu de lecture quasi naturiste ?

C'est en tout cas curieux de jouer au foot entre deux rares tombes dès l'enfance : on manque de recul pour les corners.

Et pour la vie !

Je m'en vais, je me sens vague... Si j'étais sûr d'avoir du talent...

Jean-Paul Sartre,
La Nausée.

Printemps 1999 – printemps 1980.

C'était exactement le 15 avril 1980. La mort de Jean-Paul Sartre. Je suis réveillé en pleine nuit. A l'autre bout du téléphone je perçois cette ambiance de surexcitation qui gagne les salles de rédaction affrontées à des événements majeurs qu'elles n'ont pas prévus. Qui hurle dans le téléphone ? Impossible à identifier mais je sens la présence de Philippe Gildas en train de mobiliser ses troupes. Je cours vers la bibliothèque pour piquer deux ou trois ouvrages qui pourraient me servir. Le Nagra sur l'épaule, sans chemise, je fonce dans l'épouvantable voiture noir et orange farcie d'antennes qui caractérise le reporter radio de garde. Je branche le dispositif. Brûle les feux rouges et conduis comme un malade avec dans une main un livre, dans l'autre, le volant, ma chemise et le radiotéléphone. C'est très con l'adrénaline de ces moments d'absolue tristesse. Je fonce vers l'hôpital Broussais dans le XIVe arrondissement. Une vie entière revient : l'enfance en Alsace, la parenté avec Schweitzer, Ulm, la première tentative d'agrégation ratée, et puis tout s'enchaîne jusqu'au premier livre, aux premiers engagements. Je cherche une attaque de papier pour le premier journal de l'aube que je suggère au rédacteur en chef de la nuit :

— On s'en fout de tes histoires, fonce là-bas, accélère et démerde-toi pour rentrer à l'intérieur car ils ont fermé tous les accès de l'hôpital. On n'arrive d'ailleurs pas à savoir dans quel bâtiment il se trouve.

Cette nuit-là, les leçons se succèdent. La mort physique est une chose qui n'est pas suffisante pour disparaître de la vie des hommes, il faut que les médias vous enterrent. Moi j'étais parti pour faire un papier, en gros sur le thème : « Sartre est mort, voilà quelle est l'importance de son œuvre. » Dans l'œil je l'ai le doigt, profond ! Re-hurlement dans la radio :

— Tu l'trouves ! Tu tâches de savoir de quoi il est mort, dans quel service, qui l'entoure, à quelle heure. Le reste, on verra plus tard. Il sera toujours temps de faire de la philo, Durand, pour l'instant si tu pouvais te contenter de journalisme, ça nous arrangerait tous ! Le premier journal est dans un quart d'heure.

Je freine violent et manque d'emboutir une bonne partie de mes confrères, qui eux aussi jaillissent des ces inénarrables voitures radio colorées. Il y avait quand même un petit côté frime, cow-boy à l'époque car je vous parle d'un temps où le portable et le téléphone de voiture n'existaient pas. Donc, on pouvait se la jouer un maximum. Mais en cette nuit de disparition d'une idole de la culture j'avais d'autres soucis en tête : comment entrer dans ce putain d'hôpital Broussais fermé à double tour ? Le temps de regarder à droite et je suis heurté sur la gauche par un véritable commando qui visiblement n'a pas les mêmes états d'âme que moi. Trois mecs quasiment en treillis sortent d'une bagnole en stationnement, la collent contre le mur de l'hôpital, pulvérisent le toit de la voiture en lui montant dessus et commencent à escalader. Ils ont une carte de presse. Deuxième leçon de la soirée : le métier est éclaté. Car le James Bond qui vient de me démettre l'épaule a la même carte d'identité professionnelle que Pierre Viansson-Ponté ! On apprend vite, les nuits de décès. De même qu'en un éclair je perçois les différences qui existent entre l'artiste, l'intellectuel et le journaliste grand public. Mon avenir est plutôt du côté du « où, quand, comment » que vers la spirale des paradigmes. Je cause, je cause mais à l'énervement qui règne dans mon radiotéléphone, je comprends que je ne vais pas pouvoir continuer à faire éternellement antichambre à Broussais. Il y a une information majeure, des journaux à remplir, et ça urge.

L'information est un produit mais c'est aussi une nécessité sociale : Sartre est mort, ce matin-là les gens veulent savoir, les raffinés comme les vulgaires. Il sera toujours temps d'éditorialiser et de réfléchir, pour l'instant, comme dirait Howard Hawks : « Action ! »

D'ailleurs c'est une meute qui est en train de meurtrir la pauvre bagnole-escabeau...

L'ambiance rappelle *La Grande Evasion.* Les types sautent dans tous les sens. Les flics ont dû être prévenus par le voisinage, la nuit s'illumine de gyrophares, moi je suis déjà dans l'enceinte... En sautant, j'ai failli me tordre la cheville, ce qui ne m'empêche pas de coincer un infirmier contre un mur.

— Il est où Sartre ?

Je suis en train de perdre la boule à « tu brûles ou tu brûles pas ». Troisième leçon : la chance. Ils sont tous partis à l'autre bout de l'hôpital, je pénètre dans le pavillon qui me fait face. Monte quatre à quatre les escaliers où règne une tristesse active. C'est là, je le sens. Des visages que je n'identifie pas sont traversés par des spasmes discrets et des larmes. Je sais bien ce qu'ils voudraient à la rédaction : une interview de Simone de Beauvoir au chevet de son grand homme. Au dernier étage, lorsque j'arrive c'est la panique. Les fenêtres de la grande chambre ont explosé sous les coups de pompes du commando... Sartre est mort, allongé, mais il n'échappera pas à sa photo. Il n'y a pas de société qui ne consomme pas le malheur ou la fin de ses congénères. Le problème c'est que les James

Bond boys qui sont passés par la fenêtre ont rendu fous de colère les compagnons des *Temps modernes*. Moi, avec ma tronche d'épagneul à peine réveillé et ma gentillesse de type qui demande la permission, je me gaufre Claude Lanzmann dans l'escalier qui me traite de paparazzi fasciste. Comment ne pas le comprendre ? Comment lui expliquer que je ne fais pas partie du commando ? Comment le convaincre de dire un mot ? J'aurai beau protester de mon amour d'ancien prof pour Sartre, il ne me reste plus qu'à ramasser des informations médicales et l'heure exacte du décès. Il y a du flic chez le journaliste. J'aime profondément ce métier mais comment ne pas reconnaître son côté nauséabond ? Il faut bien que des reporters fassent le sale boulot pour que les prêtres de la profession chatouillent les consciences. Ce matin-là, dans le journal de huit heures, le rôle de l'éditorialiste fut tenu par Robert Namias qui s'enflamma autour de ce souhait impossible... « Jean-Paul, ne nous quitte pas ! » Gildas, dans le rôle du meneur de jeu, fut assez sec, voire ironique. « Trop tard... » Ayant bouclé un certain nombre d'interviews, deux heures s'écoulèrent. Je rentrai rue François-Ier [1] assailli par l'ultime leçon : je faisais un métier qui allait me valoir beaucoup d'emmerdements. Dans mon coin, sur un petit bureau, j'entamai la lecture des *Mots*. A mon âge, il était temps !

Plus tard les Russes envahirent l'Afghanistan. J'obtins une interview d'Indira Gandhi lors d'une nuit quasi identique d'excitation et de scoop. J'entendis même cette phrase ahurissante après des heures de quête au téléphone, ajoutez-y l'accent hindou de Peter Sellers dans *The Party*, un majordome ou un secrétaire après avoir franchi tous les barrages :

— *Wait a moment, Sir, the prime minister is in her bath.*

Cette interview scella pour moi la fin des faits divers et de la circulation à Rosny-sous-Bois.

Pendant presque dix ans à Europe, on me proposa de nombreuses fois de faire de la télévision. Mais j'étais très heureux et certains comportements m'écœuraient. Ce hiérarque

1. Siège d'Europe 1.

par exemple qui n'hésita pas à me proposer la peau de Claude Sérillon alors peu apprécié par le pouvoir. C'est la face cachée, et malheureusement longtemps rédhibitoire pour moi, du service public. La vertu comme façade, l'alignement politique comme réalité. Quand j'ai finalement décidé de me lancer, ce fut pour faire du « neuf ». Bien qu'allant vers le privé, je m'imaginais que la télé était un gigantesque TNP électronique. Quelle monumentale naïveté et quelle monumentale prétention de ma part de croire que j'allais pouvoir jouer derrière l'écran un rôle de petit Jean Vilar ! Car il était encore là mon rêve : tendre la main vers ceux qui ne me ressemblaient pas. J'ai immédiatement aimé le sport pour ça : être ensemble. Le journal de la Cinq fut une expérience inouïe de liberté. Peut-être parce que avant même de faire faillite la chaîne manquait d'argent. Le ton, le collectif plutôt que les moyens. J'inaugurais, comme Ardisson pour « Bains de Minuit », une certaine forme d'agressivité qui n'a jamais été, pour les journalistes et les animateurs, que le meilleur moyen de se faire connaître. Je me souviens d'un direct avec Giscard en Pologne où je fus odieux. Mais quel triomphe dans la rédaction ! Il faut dire qu'après les lèche-pompes du service public [1] une nouvelle catégorie d'indépendants proliféra : les mitterrandistes du 10 mai. Redoutable ! Et pourtant j'avais voté pour François Mitterrand avec sept mains et quarante-trois bulletins de vote. Mais, chargé de suivre les premiers mois de son septennat, je fus asphyxié par le gaz émanant de la cohorte des convertis. Le soir de la Bastille, je descendais à pied le boulevard Saint-Germain avec Pierre Toulier, son chauffeur, nous étions heureux. Mais je perçus immédiatement la tristesse de l'œil qui surmonte le sourire. Il fallait qu'il partage son grand homme avec les autres, au premier rang desquels les mondains du faubourg Saint-Germain. Les mêmes qui d'ailleurs instruiront son procès à la fin du deuxième septennat. Certaines raisons comme Bousquet le justifient amplement, d'autres sont plus proches de l'accompagnement misérable d'une mort politique annoncée.

1. Heureusement, il y eut avec Pierre Desgraupes un PDG d'Antenne 2 peu sensible aux pressions. Il marqua une rupture.

Berlusconi me fit beaucoup rire. A peine lui avait-on donné une chaîne que tout était interdit. J'en postillonnais mon risotto. Le sourire pianiste et la mèche rare, le magnat italien me tint à peu près ce langage après qu'une grande partie des stars du PAF eurent décliné ses offres :

— *Ma*, Guillaume, on ne peut plus rien faire à part le sport et la science !

Heureusement que parmi mes amis d'enfance se trouvait la famille de Laurent Schwartz, célèbre mathématicien récompensé par la médaille Field, l'équivalent du prix Nobel. Si j'avais choisi les sciences, la honte se serait abattue sur le souvenir des dimanches passés ensemble. Les chaînes étaient libres mais Berlusconi dut accepter Hersant dès la première cohabitation, et André Rousselet subissait l'assaut des banques et de la presse déchaînée. La privatisation fut un Far West des excès. A peine avais-je partagé un Sept d'or avec Robert Hersant que le drame nous envahit. A aucun moment nous ne voulions devenir des Américains de l'information mais comment ne pas accepter l'arrivée des coupoles satellite dans notre pratique quotidienne ? Le métier vivait sa première révolution industrielle. Lorsque Jean-Louis Calderon mourut quelque temps après, c'est un peu le grand reportage classique que l'on enterra dans une petite église de la Porte Maillot. La guerre du Golfe nous submergea et prit, ici, un tournant idéologique : l'Europe doit-elle suivre l'Amérique ? L'écrit et sa distance, l'écrit contre l'image, les journalistes sont-ils des salauds d'état-major ? C'est à cette époque et avec beaucoup de talent que Canal Plus explosa en reprenant à la télé les thèses que la presse écrite développait contre la télé. La guerre du Golfe acheva la Cinq mais assura la pérennité de Canal. Et pourtant la fascination culturelle de l'Amérique était plus dans la tête de Pierre Lescure que dans celle de Robert Hersant.

Oserai-je dire, quitte à choquer les belles âmes, qu'il fut l'un des rares patrons, à ce jour, à ne jamais intervenir dans le contenu éditorial de mon travail ? Que cette justice lui soit rendue puisque le reste est un mystère politique, parfois scandaleux. Notamment sa curieuse relation avec François Mitterrand.

Lors de ce fameux déjeuner dans la salle à manger du *Figaro*, où nous étions seuls pour partager ce Sept d'or et des huîtres, je ne pus réprimer ma curiosité : étaient-ils proches comme certains l'ont suggéré ? Le costume était noir, le cheveu blanc, l'œil bleu et le teint rosé. Mais il fut clair assez rapidement que j'étais trop jeune pour accéder aux moindres de ces secrets. J'insistai puis je n'insistai plus.

Mourir en excitant la curiosité, en s'attirant les sarcasmes n'était-ce pas une façon de finir en beauté ?

Yasunari Kawabata.

Sans date.

Il n'y a plus de date parce qu'un beau soir je ne m'appartins plus. Malaise au cœur de l'émission. Serrement dans la poitrine, douleur violente au centre. Et puis tenir, tenir comme un imbécile jusqu'à vingt heures trente, fin du programme. Encore aujourd'hui je suis incapable de dire quelle morale m'empêcha d'évacuer le navire sous la douleur.

Le générique terminé j'étais en eau, tentant de rester impassible face aux autres. Dans un semi-évanouissement je me souvins d'un « Cercle de Minuit » où Michel Field recevait le cinéaste Jean-Marie Straub. Cet homme et sa femme que l'on voit peu parlaient dans une atmosphère de colère glacée du monde qui les entoure. Field tenta de les raccrocher à une vie quotidienne palpable pour le téléspectateur même en pleine nuit et il se vit rétorquer cette phrase jubilatoire :

— Depuis quand croyez-vous, monsieur Field, que les mots sont faits pour communiquer [1] ?

Dans l'ascenseur j'étais groggy, un sourire crispé et pas un mot pour les proches. Brutalement cette misérable affaire d'entreprise et de salariés tournait à l'angoisse et il n'était vraiment plus question de faire des phrases. Vingt heures quarante, c'est une piscine humaine qui téléphone haletante à SOS-Médecins pour expliquer ce qui se passe. Le réflexe est immédiat, mon interlocuteur me demande d'appeler en urgence SOS-Cardiologie. Trois minutes plus tard, autre interlocuteur. Le type me dit après avoir écouté une rapide description des symptômes :

---

1. La phrase la plus extraordinaire entendue à la télé depuis vingt ans !

— Vous partez immédiatement à l'hôpital le plus proche sans prendre votre voiture, quelqu'un vous accompagne, il n'y a pas de temps à perdre.

Quelqu'un, mais qui ?

Dans mon univers proche chacun était rentré chez soi et je n'avais aucune envie de confesser l'amorce d'un début de commencement de malaise qui pourtant me faisait trembler. Dans l'ascenseur qui me conduisait au parking une peur terrifiante m'envahit. J'allais claquer pour trois connards qui me calomniaient depuis deux ans alors que je m'évertuais à faire avancer leur bateau. La voiture, les feux rouges, les feux rouges brûlés par inconscience rue Molitor. Machinalement mon corps prit la direction d'Ambroise-Paré à Boulogne. Les choix sont marqués du sceau du ridicule car les hôpitaux pullulaient dans le quartier, mais au cœur de ma détresse et d'une certaine grandiloquence, voire d'une profonde ironie, je me dis : « Tu es né à Boulogne le 23 septembre 1952, autant exploser sur place quarante-six ans plus tard... »

Il n'y a rien de plus comique qu'un type dévasté qui arrive dans un hôpital et qui d'emblée déclare à l'infirmière qui lui fait face : « J'vais mal, j'vais très mal. C'est SOS-Cardiologie qui m'envoie. »

La fille me prend pour un dingue car dans son bureau elle est branchée sur Canal Plus et vient de me voir disparaître il y a quelques instants.

Tout s'enchaîne un peu comme dans la matinée avec de Greef.

Trois minutes plus tard l'interne est là. Electrocardiogramme.

J'ai mal, j'ai une trouille bleue. Je pense à Juliette à New York, à Diane que je n'ai pas prévenue. Je suis là, à poil, farci d'électrodes lorsque surgit l'inénarrable Gégé. C'est le Corrézien de mon cœur, spécialiste de la fringue américaine pour le cinéma. Je suis sous perfusion, à l'évidence je me demande ce qu'il fait là.

Nez-pointu me répond dans l'instant, pas démonté par l'ambiance blouse blanche :

— Eh bien, c'est très simple, mon petit Guillaume, tu viens de m'écraser à un feu rouge, Porte d'Auteuil, tu as failli tuer quinze personnes à proximité de Roland-Garros, tu étais à 150 dans les rues de Paris, j'ai reconnu ta voiture, je suis là.

Gérard dans les locaux de l'Assistance publique un soir, en semaine, c'est un petit peu comme si l'on avait lâché un croisement de Carette et de James Cagney dans un couvent de Bénédictines... Œillades aux infirmières, mots d'esprit vaseux, alors que le médecin essaie désespérément de savoir si j'ai une crise cardiaque. Arrive la cardiologue de garde, une charmante Algérienne qui reprend l'interrogatoire sur les circonstances du malaise. L'interne s'efface. Sa voix est douce, les questions précises.

J'entends des sons qui me rappellent mes reportages en Irak, à Beyrouth, un peu partout dans le monde arabe. Voix douces et enjôleuses comme la ville anglaise d'Amman en Jordanie.

— L'électro est normal mais je ne peux pas vous laisser sortir, il y a quelque chose...

Je suis un spectateur qui regarderait une pièce de théâtre consacrée à lui. Tout le monde se consulte mais on ne me fait plus partager le sens des mots et des phrases. La cardiologue parle à Gérard, il sort son portable, s'éloigne. Plus de clowneries, plus de légèreté, le chef de service est prévenu, on me donne des calmants. Il est vingt et une heures quinze lorsque j'apprends que le lendemain matin à l'aube on me fera une coronarographie en urgence.

Je vous épargne le reste, au cœur d'un ballet de masques blancs, d'écrans et d'informatique. Des gens charmants m'expliqueront que j'ai une artère qui spasme, mais les coronaires normales. Suit un nombre de médicaments à prendre, pour certains d'entre eux, à vie. Je n'ai jamais fumé et pas vraiment bu. Ma carrière de drogué s'est limitée à quelques pétards dans les années 70. Pendant vingt-cinq ans j'ai fait du sport en compétition et là je suis au tapis, effondré. On me signe un arrêt de travail d'une semaine. Il y aurait la tentation de tout abandonner pour mettre fin aux risques. Mettre fin au malaise. Là encore, je ne sais pas pourquoi l'un de mes premiers réflexes dans les heures qui suivront sera d'appeler de Greef pour lui dire que j'assumerai le Barnum du Festival de Cannes prévu huit jours plus tard.

Et pourtant Michel Drucker, notre conscience à tous, m'avait téléphoné un après-midi en me tenant à peu près ce langage :

— Tu dois les laisser tomber car c'est la première fois dans l'histoire de la télé que l'on se comporte aussi mal avec un type qui a des résultats plus qu'honorables.

Et il conclut en colère :

— De Greef est ignoble. D'ailleurs qui est-il ? A part un ancien monteur d'Antenne 2 qui hait les journalistes !

Les jours qui suivront mélangent l'enfer et le repos. Première décision : arrêter momentanément *La Peur bleue*, prose trop dangereuse car je prends immédiatement conscience qu'écrire n'est pas un bavardage ou cette impudique visite guidée de soi-même. Tous les mots sont dangereux. Les mots aggravent les maux. Ma vengeance à l'égard de De Greef est grotesque, fût-elle un rêve nécessaire pour ma dignité et la suite de ma vie.

Il est là, Nagui sera là, Canal Plus continuera à faire croire triomphalement à l'existence d'une autre télévision et d'ailleurs c'est parfaitement justifié car même au plus profond de la souffrance je n'ai jamais été suffisamment mégalomaniaque pour croire que j'existerais contre eux et contre leur succès – qui est indéniable... Je ne suis qu'un cadre moyen supérieur qui aime les livres et les tableaux et qui est confronté pour la première fois de sa vie à une mission impossible qui lui déchire le cœur et branche ses artères sur une techno qui, je l'espère, ne lui sera pas fatale. Au repos chez moi je n'arriverai même plus à regarder Canal, au profit de LCI et des journaux télévisés puisque nous sommes en pleine affaire du Kosovo. Je me demande même ce que je fais à Canal depuis deux ans pour aider aux commentaires promotionnels de petites histoires qui ne sont pas l'Histoire. Au fond ils ont eu raison de me virer car si j'ai passionnément aimé des rencontres avec Gorbatchev, Modiano, Woody Allen, Bertolucci et tant d'autres, je n'ai jamais aimé leur cynisme. Ils ne sont pas les fils de *Charlie Hebdo*. Et, en y réfléchissant, des gens comme les Guignols sont moins les représentants d'une télévision alternative que la caricature de la télévision qui bouffe du politique, méprise les livres, flingue les perdants, assassine ceux qui ne rentrent pas dans le cadre.

Gaccio se prend pour un mélange de Bourdieu poivré à la sauce Seinfeld, mâtiné de *Canard enchaîné*. Il n'est qu'Ubu Roi et le fils de Guy Lux. Moi aussi mais je n'ai pas la prétention du contraire. Au fond puisqu'il avait souhaité ma venue à Canal, et au-delà de l'émission avec Sarkozy qui consomma notre différence, je crois que ce qu'il n'a pas supporté c'est que je lui envoie un texte de Rauschenberg [1] sur le poujadisme. C'est le donneur de leçons et le bourgeois que je suis qu'il exècre. « Durand c'est le tennis, Gaccio c'est le football. » Se croyant le représentant de ses origines modestes il est affamé de pouvoir et il le revendique. Je déteste leur ironie car nous ne sommes pas dans l'ironie et la moquerie des puissants ou des visibles ô combien nécessaire! Nous sommes dans la « beauferie » militante qui se prendrait pour la cause du peuple. La moindre cravate, un soupçon de mèche, tout nous ramène aux origines sociales qui à la télévision enchaînent souvent sur la violence. Je ne prendrai qu'un exemple, Cécile Simeone, angélique, souvent à moitié à poil, déchaîne l'hystérie dans les

1. L'un des pionniers du Pop Art américain.

studios ou à Cannes mais sa simplicité et ses origines éteignent les pulsions. Au pire, il lui faudra assumer des lettres ignobles ou des cris dans la salle : « Salope, j'te mettrais ! » Avec Daphné Roulier la vibration est assassine. Sur la dernière année elle a vécu des mois, matin, midi et soir, avec les flics à ses côtés, y compris dans le studio. Un ou deux hommes ont été mis en prison. L'un d'entre eux fut récupéré in extremis dans le hall de son immeuble par un cousin attentionné, il portait un couteau de boucher. Daphné n'est pas nue quand elle présente le journal mais Daphné est l'image de la bourgeoisie triomphante et sexy. Quand elle donne le résultat du Goncourt, d'une journée de championnat ou d'une négociation internationale, elle insulte ceux qui s'en foutent car son apparence de Jackie Kennedy agresse et excite les directeurs indélicats. On ne peut pas impunément porter ses origines en décoration dans un média grand public. Dans ce domaine Poivre, c'est Zelig ! Son allure, son intonation, ses costumes qui n'en sont pas figurent parmi les artifices d'un homme, que j'aime beaucoup et qui a tout compris : être le comédien de ses propres origines. Né à Reims, il est de nulle part. Il camoufle tous les jours les risques monumentaux qu'il prend avec sa vie personnelle. Poivre, on ne l'attaque que lorsqu'il le veut. Lorsqu'il a besoin de jouer, flirtant avec les sommets de son triomphe d'audience. Il lui arrive de s'ennuyer ferme, alors il invente ! Parfaitement conscient de créer une légende et une haine autour de lui qui ne font qu'accroître son pouvoir sur ceux qui le regardent ou qui l'emploient. D'une certaine manière, au carrefour de 20 heures, il est le vrai patron de TF1. Qui n'a pas entendu depuis vingt ans les différentes majorités pester contre la première chaîne ? Et qui n'a pas vu s'y succéder Mitterrand, Chirac, Balladur, puis re-Chirac, sans oublier le dernier seigneur des lieux, Lionel Jospin ? L'Elysée, locataire ou aspirant, danse depuis des années le tango avec Cognac-Jay puis la tour de Boulogne [1]...

A une époque où l'on n'est plus défini par ce que l'on fait mais par ce que les autres

1. Les managers de TF1 n'ont jamais menti sur leurs intentions : une information et des programmes générant une large audience et un succès commercial.

disent de vous, il faut être un travesti. Prenez les plus habiles d'entre nous. Drucker ne parle que de sa mère et de sa passion pour le Ventoux à bicyclette. Qui peut croire, à ce niveau de pouvoir, qu'il n'est qu'un gentil garçon qui aime tout le monde ? Ce qui est important et notamment à l'égard de la presse qui commente la vie des médias, c'est qu'il affiche cette simplicité qui est à des années-lumière de l'homme, de sa carrière. Il aime une certaine forme d'ascétisme comme tous les hypocondriaques. Mais sa vraie dimension est ailleurs : l'habileté, son côté Iznogoud.

Dans ce domaine ma connerie fut abyssale. J'ai cumulé tout ce qu'il ne fallait pas faire dans le registre de la bienséance : commencer avec Berlusconi, haï de la gauche cultivée, poursuivre avec Hersant, détesté par la gauche politique... La guerre du Golfe... Qui n'a pas eu le sentiment que je la faisais dans ma salle de bains ? Je ne parle même pas de l'art contemporain qui fut probablement ma plus grande erreur : afficher une pancarte de soi-disant grand bourgeois qui passe un petit moment à la télé pour s'acheter des tableaux et qui donc donne l'image de l'imposture bienheureuse et négligente. Les plus violents parleront de veulerie, de mes mâchoires molles.

Cet itinéraire n'aurait aucun intérêt si la télévision n'était pas la métaphore de tout ce qui se passe aujourd'hui dans la vie sociale. On évacue Durand comme on essaie de faire lâcher prise à ces cousins et belles-sœurs qui apprennent un beau jour, en général dans un couloir, qu'ils ne sont plus les bienvenus. La France est un pays qui n'est que depuis peu de temps embrasé par la concurrence entre les hommes. Je me souviens de Jean-Claude Trichet, Gouverneur de la Banque de France, avec qui j'évoquais un jour la sale guerre du VIIe arrondissement, celle du pouvoir, des ministères, des gens de lettres. Il me confia une version des faits un peu démente mais qui ne me paraît pas éloignée de la réalité :

— En France il y a énormément de gens intelligents et peu de boulots à plus de cinquante mille francs par mois. Du coup tout le monde tire sur tout le monde.

A ce stade l'allergie à l'Autre est devenue le principal moteur de la pensée et d'une certaine forme d'attitude française.

Malgré les médicaments, j'ai eu un autre malaise trois semaines plus tard qui s'est terminé à Broussais. Il était temps que j'arrête.

Le 14 juillet mon père aura soixante-dix-neuf ans.

Lundi 19 juillet.

Les Français sont inouïs. Récemment, dans une grande enquête d'un hebdomadaire sur les jeunes, nos amis les adolescents confiaient que la priorité des priorités était d'être fonctionnaire ! Encore et toujours le maroquin suave et tranquille ! Ajoutez à cela l'inexorable mouvement vers les mers révélé par le dernier recensement et vous aurez en raccourci notre curieux autoportrait de peuple brillant mais qui n'aime pas l'aventure contemporaine car il ne la contrôle plus.

Je me suis toujours demandé quel pouvait être l'état d'esprit de mon père et de ma mère après la guerre. La génération « Daniel-Gélin-Rendez-Vous-de-Juillet ». Je les imagine dix fois moins conformistes que nous ne le sommes. Ils se sont rencontrés dans une troupe de théâtre qui s'appelait les Théophiliens et dont la spécialité était de monter des mystères médiévaux. René de Obaldia adressait à ma mère d'inénarrables lettres qui commençaient toujours par ces deux mots : « Chair Nicole... » ; César était le plus vieil étudiant des Beaux-Arts. Une partie de ma famille était « escalope-à-la-crème-XVIIe-arrondissement-notaires-décadents » (Mamie avait même connu Paul Déroulède), l'autre était « couscous - XIIe arrondissement - et - crosses-retournées-en-17 »... Ils n'avaient strictement rien à se dire. Mamie jouait aux petits chevaux après avoir enterré plusieurs maris qui l'avaient laissée, en pleine forme, dans un confort relatif. Quant à Moutie, elle ne pouvait s'empêcher, à chaque fois que je prenais le train, de me farcir les poches de bouts de poulet et de taboulé pour que je ne meure pas de faim. Le grand-père notaire est mort à ma naissance ; l'autre, Fred, fut un architecte sans travail aux doigts jaunis par les mégots. Une tête asiate bridée par la colère de son idole : Céline. Le notaire était à droite toute, l'architecte, anarchiste. Mais de ces familles improbables, de la guerre, des cauchemars et des océans de sang naquit, éclatant comme une jonquille, l'amour de mes parents.

Papa bazarda immédiatement ses études de notaire pour transiter chez les commissaires-priseurs qu'il abandonna à leurs enchères de bidets. Objectif : la peinture. N'ayant qu'un talent extrêmement mesuré il eut la bonne idée de vendre celle des autres. Quant à maman, elle assumait les premières rentrées d'argent en travaillant pour le plan Marshall entre deux séances de be-bop au Lorientais qui était, avec le Tabou, le Queen de l'époque. Bébé ultra-calme, j'entendis parler de l'Abbaye de Royaumont, d'un extravagant réveillon chez Jacques Lacan où ma mère fut submergée par Alain Cuny qui essayait désespérément de connaître son point de vue sur le comique chez Claudel... Au mur de cette maison de campagne près de Mantes-la-Jolie trônait *La Naissance du monde* de Gustave Courbet qui était encadrée dans une sorte de boîte recouverte par des dessins d'André Masson. Un début de vie ourlé comme un lys. Contrairement à nombre de leurs amis ils étaient à côté de la politique. A l'écart de ces batailles autour du communisme qui ravagèrent les clans durassiens et tant d'autres. Je me souviens simplement une fois de la colère de ma mère auprès du surveillant général de mon lycée parce que les forces de l'ordre avaient enfermé dans le gymnase les activistes de l'OAS au moment de l'attentat qui défigura la petite Delphine Renard. J'ai connu papa gaulliste, pompidolien, méfiant et admiratif à l'égard de Mitterrand et d'une indifférence totale pour ce qui suivit. Un jour au Comité des marchands de tableaux, il reçut avec ses confrères François Léotard, alors nouveau ministre de la Culture. Je lui ai immédiatement demandé comment ça s'était passé, et il m'a répondu cinglant et vaguement dégoûté : « J'ai vu Léotard de Vinci... » Aujourd'hui il vote Cohn-Bendit et maman, François Bayrou. Celui-là, je me demande ce qu'il leur fait...

Mais revenons à l'époque glorieuse des steaks au poivre.

Très rapidement papa ouvrit une galerie qui devint le cœur de sa vie, 19, rue Mazarine, dans l'immeuble de Robert Desnos. Je pris mes biberons à la Palette. Antoine Blondin était bourré à heures fixes au bar du Rubens. Des libraires, des éditeurs et des galeries partout, pas de marchands de fringues. Et puis des noms qui bercèrent mon enfance : René Drouin, le marchand de Jean Dubuffet ; Pierre et Edouard Loeb (la famille de Caroline) ; Daniel Cordier, l'ancien secrétaire de Jean Moulin, marchand de tableaux lui aussi et que je retrouverai plusieurs fois au cours de ma vie. Saint-Germain-des-Prés fut, pour moi, le paradis des paradis jusqu'au milieu des années 70.

La première fois qu'Ileana Sonnabend, physique d'éléphant, âme de fleur et détermination ahurissante, exposa Andy Warhol-Flowers, aucun tableau ne fut vendu, ou presque. En 1973, pour le premier choc pétrolier, je me souviens que papa et maman qui travaillaient ensemble, ne vendirent pas un seul tableau. Ils râlaient, mais je ne les entendis jamais se plaindre vraiment. Je ne sais pas si c'est la marque de cette génération et des quelques noms que je viens d'évoquer, mais j'ai le sentiment que lorsque l'on sort du tragique et de l'apocalypse guerrière, on installe définitivement sa vie à la table du bal chez Temporel. Aujourd'hui la liberté est une angoisse.

Pour mes parents c'était la condition *sine qua non* de la vie heureuse.

Lundi 19 juillet (soir).

J'écris en Corse. En face de la Sardaigne. Début juillet le vent arrachait les vagues. Il s'est calmé. Comme tout le monde, j'ai versé une larme pour la disparition en mer de John John Kennedy. Vivant au ralenti, le reste ne m'intéresse plus vraiment... Daniel, ancien producteur de salsa, qui fait la cuisine à la maison, nous a mitonné d'extraordinaires *spaghetti al vongole.*

La brise se contente de transporter quelques mots. Dans une maison voisine, j'entends Bernard Tapie traiter Karl Zéro de « petite couille molle ». Tout va si vite !

La peur bleue

Il y a à peine deux ans, Karl était sur un siège éjectable, et ils avaient failli le virer. Maintenant, ils le présentent comme leur meilleur porte-parole. *Sic transit gloria...*

Mardi 20 juillet.

Promenade en mer. Déjeuner paillote. Et la douce insouciance léguée par mes parents... C'est elle qui est responsable de tout et surtout de ma naïveté. On ne peut vraiment être en colère que lorsque l'on a le sentiment ultra-violent d'avoir été trompé... Une histoire de naïf. La révélation par *Voici* de l'arrivée de Nagui est intervenue un lundi. Or, le vendredi précédent, j'avais pris rendez-vous avec Pierre Lescure pour lui parler d'une conférence que je devais faire devant les élèves de l'ENA à Strasbourg... Dans le contexte des négociations, à l'époque, avec Rupert Murdoch, je ne voulais pas faire d'impair et j'avais entamé une petite tournée interne : Nathalie Bloch-Lainé, charmante, pour le cinéma ; Marc-André Pfeiffer, le numéro deux du groupe et le très efficace directeur du personnel, Philippe Duranton... A tous je confiai mon envie de rester à Canal, de faire « Nulle part ailleurs » encore pendant un an, Pierre ne m'avait-il pas dit lors d'un entretien que Canal Plus dans l'avenir se construirait avec des gens comme moi ?

Or, le vendredi matin, il annule. Son secrétariat invoque la nécessité d'un déplacement aux Etats-Unis. Le reste m'a été raconté par Bernard Zekri, mon producteur. Alain de Greef est venu le voir dès qu'il a su que j'avais rendez-vous avec Lescure.

Dans mon bureau, silence radio, personne ne me parle, tout se joue dans mon dos. Et tout va exploser. Dans un premier temps, j'apprends qu'une partie des dirigeants de la boîte (de Greef, Bibiane Godfroy), est persuadée que j'ai pris rendez-vous avec notre bien-aimé président pour lui annoncer que je pars à TF1 remplacer Michel Field qui vient d'annoncer son départ pour « La marche du

Siècle » sur France 3. Aucun d'entre eux ne se doute qu'il n'est question que d'une conférence à l'ENA. Ce qui est amusant à ce stade, c'est de constater que les équipes dirigeantes d'une entreprise sont comme le moindre péquin moyen, fascinées par les potins. La règle du jeu étant d'en distiller un certain nombre, si possible néfastes suivant le mode opératoire : « à quoi ça sert d'avoir une preuve du moment qu'on a une bonne rumeur ». Dans ce domaine, inutile de vous dire que les complicités dans la presse sont légion. Le cas du journal *Libération* est plus ambigu puisqu'il a longtemps contribué à la légende de Canal mais qu'il affiche, depuis, un scepticisme largement compréhensible. Ce qui exaspère totalement de Greef qui croyait, après avoir embauché certains journalistes de Serge July, que la communauté de vues entre les deux médias était inaliénable. De toutes façons, j'ai constaté après deux ans sur place que ce groupe ne supportait pas la moindre critique [1]. Mais revenons à notre affaire, pour rester cohérents. Le départ de Field n'a suscité que quelques lignes me concernant dans les

1. Ce qui n'a jamais été le cas des autres chaînes.

journaux au titre de repreneur possible de l'émission « Public ». Manquaient deux détails d'importance : mon souhait et celui de TF1 qui avait quasiment officialisé l'arrivée de Ruth Elkrief.

Ce qui est de mon point de vue franchement dégueulasse consiste à s'être servi de cette modeste fenêtre de tir, totalement infondée, pour immédiatement me balancer à *Voici.* Qui l'a fait ? Personne ne le saura vraiment et je tairai mon absolue certitude. Mais on entre quand même dans un autre monde, la chaîne chic, les dandys du petit écran, les mécènes du cinéma, les parrains des Nuls, d'Antoine de Caunes et de tous ceux que vous avez tant aimés. Les mêmes engagent un type qui vient d'arbitrer le débat des présidentielles pour les sortir de l'impasse momentanée de l'absence de relève interne. Moins de deux ans plus tard et après des mois de complots et de contacts avec Nagui (cf. la tribune du Paris-Saint-Germain), quelqu'un donne l'imprimatur à *Voici.* Le feu vert définitif : Durand OUT. J'ai travaillé pour Jean-Luc Lagardère, Silvio Berlusconi, Robert Hersant, Patrick

Le Lay, Etienne Mougeotte, Jérôme Bellay, Yves de Chaisemartin, Patrice Duhamel, Jérôme Seydoux, Jean-Claude Dassier, je n'ai jamais connu professionnellement une telle désinvolture, un tel mépris. Balancé aux journaux comme une merde ! La vulgarité des mots n'est rien à côté de leur attitude : la lâcheté [1].

Ce qui est incroyable c'est que, sans les circonstances abracadabrantes de l'affaire de l'ENA, le mensonge sur mon avenir aurait duré jusqu'au bout, jusqu'au Festival de Cannes, lieu traditionnel des effets d'annonce du petit monde crypté. Ils m'auraient laissé piloter le navire, maintenir l'audience, ramener 50 % de la pub des émissions en clair. Et puis un beau matin j'aurais appris par les journaux que j'étais dans la ligne de mire du sniper. Dès que cela s'est su, les masques sont tombés. Bibiane Godffroy ne se cachait plus en participant aux répétitions de la nouvelle formule de « Taratata » pour France 2... A Cannes, alors que je faisais l'émission tous les

1. Chantal Lauby, vénérée avec les Nuls, a appris par la presse la fin de sa sitcom. Quant à Raphaël Mesrahi, il fut invité à Cannes 98 pour que personne ne lui dise jamais qu'il ne serait pas là la saison suivante. Pas un mot en face.

jours, Nagui ne s'est pas privé de faire un petit tour pour serrer les mains des techniciens sur le plateau. Un soir je me suis même dit que j'allais les laisser tomber au dernier moment tellement leur arrogance m'exaspérait. De Greef a quand même eu le courage et l'efficacité de s'occuper personnellement de la sortie de mon contrat. Les autres m'adressaient un vague sourire dans les couloirs, style : « T'es mort, on s'en fout mais on doit reconnaître que tu te tiens bien à l'antenne. » Le pompon revenant à l'émission de promotion des dix ans des Guignols où Gaccio, au cours de la conversation, a quand même lâché : « De toutes façons toi tu t'en fous, t'es viré » (sous-entendu : « je n'y suis pas pour rien »). La question était : « N'êtes-vous pas parfois la *Pravda* du groupe, vous arrive-t-il de brocarder sur commande ? » Ce qui, entre nous, est une évidence puisque lorsque Gildas lance un journal à la mi-journée, les Guignols s'empressent d'assassiner Pernaud qu'ils méprisaient jusqu'alors. Je vous épargne l'absence absolue de références aux négociations avec Murdoch pourtant présentes dans toute la presse. Les Guignols aiment bien leur

Chef, c'est leur côté « rebelles chez Vivendi ». Ils adorent leur entreprise [1]. Procter & Gamble du rire. En inventant la World Company ils se situaient délibérément dans le concept, le fou rire et l'analyse, la gaieté dévastatrice, le Chirac agité bricolant la fracture sociale mais qui l'emporte à la sympathie... Depuis le renouvellement de l'équipe, leur satire se vautre dans le règlement de comptes. Ce qui était la dénonciation d'une idée est devenu la persécution d'un homme ou d'une femme... Avec eux un brutal comme Joey Starr ne peut être que sur le chemin de la Rédemption car il est né dans le 93 et c'est une idole des jeunes. Dans la culture Canal le jeune a toujours raison. D'ailleurs si j'ai été viré c'est parce que j'ai perdu des bambins en cours de route. Drame absolu. Si Joey Starr est un héros donneur de baffes et claqueur de beignets d'hôtesses de l'air, dans l'imaginaire guignolo Laurent Fabius serait plutôt du genre coupable car il appartient à l'establishment et à une famille d'antiquaires... Il faut les entendre clamer leur statut d'hommes qui

1. Autre exemple : le « Osons » contre Elkabbach fut aussi un « Osons » contre l'initiateur de TPS, le rival de Canal Satellite.

n'apparaissent jamais et qui se cachent derrière les marionnettes. De ce point de vue-là, ils vont plus loin que Georgina Dufoix : ni responsables, ni coupables. Juste des jeunes qui s'amusent avec la prétention monumentale d'être des Auteurs. Gaccio écrit pour Charlotte de Turckheim et Timsit mais il a l'impression, au contraire des journalistes qu'il abhorre, d'appartenir au même monde que Samuel Beckett. Il écrit ! Il crée ! Il souffre les jours où ça ne vient pas ! C'est le vomissement social qui s'exprime par des types qui gagnent des fortunes, eux si prompts à dénoncer leurs petits camarades producteurs-animateurs.

Avec Nagui il n'y aura pas de lézard. Franck Magnier et Alexandre Charlot (qui, ce fut une bonne surprise, aime les tableaux d'Opalka) auraient bien aimé se payer le nouveau venu mais Gaccio leur a déjà expliqué qu'on ne touchait pas à ses amis. Nagui est un pote ! Il aime le foot ! Il trouve que *Trainspotting* est un film super-génial ! Waouh ! James IHA, le guitariste des Smashing Pumpkins, est une bête ! Ils ont simplement un petit différend idéologique sur l'opportunité de faire chanter Balavoine mort avec Liane Foly vivante. Mais ça devrait s'arranger dans le plus pur style : « t'as l'bonjour de la mafia ». Car Gaccio est une âme hypersensible, une mandarine fraîche, un œillet, une gousse de vanille ! Je me lâche dans l'absurde car ils m'ont traité de tous les noms pendant deux ans, croyant percevoir ma nature profonde de feignant, ne lisant pas les livres et passant ses journées une raquette de tennis à la main. Je m'octroie donc ce très léger droit de réponse... que ces apôtres de la liberté devraient accepter. Je dis bien « devraient accepter » car je ne me fais aucune illusion. Je sais par avance que, dès que cet opuscule sortira, ces magiciens de la non-interwiev se répandront partout et feront donner leurs camarades pour me déglinguer une deuxième fois. Je ne les lâcherai pas d'une semelle et je ne lâcherai pas les lâches qui se sont laissé conspuer pendant des années. La seule qui trouva le courage de s'opposer à eux fut Françoise Sagan : une femme, c'est-à-dire tout ce qu'ils détestent à part leur mère, leur épouse, leur fille. Toujours l'ambiance italo-bornée [1]... Mais qui

1. En revanche dans les bureaux, la parité est installée depuis longtemps. Quel bonheur de travailler avec des femmes.

peut répondre à une marionnette ? Imaginez que je l'eusse fait pendant deux ans, je sombrais dans le ridicule et je brisais le tabou de la famille Canal. N'ai-je pas entendu, un soir de convention d'entreprise, le Pierre Lescure que j'ai connu il y a vingt-cinq ans amoureux de musique, de marginalité et de Pierre Desgraupes, ne l'ai-je pas entendu dire le plus sérieusement du monde : « Nous chassons en meute » !

Pourquoi suis-je là, moi qui n'aime ni la chasse, ni les meutes ? Dans le joli petit monde des médias d'aujourd'hui l'indépendance se mesure à la distance que l'on peut parfois avoir avec ses patrons au moins autant qu'à celle que l'on pratique à l'égard des invités des émissions. Quand on travaille sur des plateaux depuis vingt ans comme moi, en direct, on peut détruire n'importe qui. Le seul qui fut extrêmement dangereux pour tous ses interlocuteurs en direct fut François Mitterrand. Pour l'attaquer il valait mieux être solide. Mais maintenant tous les visibles sont assimilés à des représentants du pouvoir, qu'il s'agisse d'acteurs, de cinéastes, d'écrivains.

C'est le syndrome ardissonesque « toutes les vérités sont bonnes à dire [1] » qui assimile l'impertinence à une prise de bec avec la pauvre Céline Dion et son gars-René. Mais c'est tellement facile pour qui a un peu d'expérience. Les pertinents dans ce métier sont ceux qui attaquent les vrais puissants. J'adorerais que Gaccio nous montre ce qu'il sait faire dans « Un an de plus » avec Jean-Marie Messier. Là il y a un danger et une liberté démocratique à conquérir. Mais à quoi cela sert-il de pulvériser Clavier sous prétexte que l'on n'aime pas ses films, son attitude et sa promo ? Clavier n'est pas un pouvoir, même s'il gagne de l'argent et s'il occupe les écrans pour promouvoir ses œuvres... On pourrait dire la même chose d'Emmanuelle Béart, ridiculisée dans l'affaire des sans-papiers. Ce soi-disant nouvel espace de liberté qui consiste à régler leur compte à des images reste le meilleur moyen de ne pas toucher à ceux qui aujourd'hui dominent la scène française : les patrons de conglomérats... Il y a

1. Andisson le fait pour s'amuser et peaufiner son image de faux méchant. En plus, il a le mérite d'avoir inventé le genre après Philippe Bouvard qui fut le premier « vachard » de l'écran.

même un côté répugnant qui consiste à aborder l'aspect physique des cibles touchées : lèvres refaites, élocution difficile, oreilles décollées. On donne du pain à la foule en ironisant sur Bruel (avec au passage, d'ailleurs, un petit soupçon d'antisémitisme), mais répétons-le avec force : où est Murdoch ? Il ne s'agit pas de se vautrer dans la flagornerie professionnelle mais après vingt-cinq ans de carrière je préfère la neutralité bienveillante de Drucker aux faux impertinents, aux roquets. Attaquer Obispo c'est comme se plaindre de la fluidité du sable. D'ailleurs à quelques exceptions près, la majorité des artistes et des écrivains sont tétanisés par l'idée du direct à la télévision. Dans cet effroi se mélangent un trac réel, un rejet de l'objet et des conversations qui s'y tiennent et la crainte de s'attirer les foudres d'une presse écrite vengeresse. Pour la majeure partie d'entre eux, la promo est un enfer nécessaire pour les ventes et les entrées, mais un enfer quand même. Et puis il y a ceux auxquels on ne touche pas car atteints par la sainteté relative : qui oserait par exemple écrire que les *Histoires du Cinéma* de Jean-Luc Godard tiennent du bricolage ? Personne. J'adore Godard et j'ai très mal supporté la manière dont Jean-Pierre Bacri lui a reproché un soir de César son absence de scénario [1]. Mais il ne peut pas y avoir en matière de presse une caste d'intouchables et une cohorte de massacrés. Dans l'inacceptable, j'ai trouvé parfaitement scandaleux le sketch imité d'*Apocalypse Now* au début de la guerre du Kosovo, mettant en scène Bernard Henri-Lévy. Il était représenté délirant sous un ventilateur et apostrophant son épouse dans le registre du ridicule. C'était l'entrée en guerre des Guignols... BHL serait donc plus dangereux que Milosevic ? D'ailleurs mon fils Donald m'a souvent raconté que dans la cour de son école « intellectuel » était devenu une insulte au même titre que « bouffon », ce qui ne veut évidemment pas dire qu'ils doivent être exonérés de toute ironie au seul prétexte de leur statut. Si les Guignols avaient existé il y a trente ou quarante ans, on aurait vu sur scène le strabisme de Sartre délirant à Billancourt. Althusser aurait été représenté comme l'assassin de sa femme, Simone de Beauvoir

1. C'est comme si un réalisateur lambda reprochait à Orson Welles la longueur du premier plan de *La Soif du mal*.

comme une chieuse à prétentions, et je ne doute pas une seule seconde qu'ils auraient reconstitué l'accident d'Albert Camus. Car on est maintenant dans la logique du « toujours plus fort » qui leur échappe même comme auteurs. Ils ne peuvent pratiquement plus s'autocensurer sous peine de perdre le rire de la foule. La foule est leur tyran... Le succès populaire leur excuse. Mussolini réunissait lui aussi des foules considérables.

Mais pour leurs dix ans de règne, qui leur a opposé un bilan critique ? A part le bon sens grandissant de nombre de téléspectateurs qui commencent à trouver qu'ils en font un peu trop dans le registre de l'autosatisfaction et des donneurs de leçons [1]. Combien de fois ai-je lu la reprise d'« à l'insu de mon plein gré » ? Combien de fois ai-je lu des descentes en flammes reprenant au mot près la thématique Guignols ? C'est dû à leur incontestable succès de leaders d'opinion, c'est aussi la marque de leur talent et du choix d'un certain nombre de cibles évidentes comme les Tiberi.

---

1. La question du rire, pourtant fondamentale, n'est plus abordable depuis quelque temps ; chez eux, on rit comme on bâfre.

Mais ces derniers mois, la juste critique donna naissance à un volcan de méchanceté gratuite : frapper pour frapper.

Le sommet fut atteint lorsque, responsable de son éditorial pachydermique, Gaccio évoqua la sexualité d'Etienne Daho. Je n'étais pas là, c'était bien avant moi. Mais l'affaire prit une telle importance que des lettres d'excuses furent échangées.

Oserai-je rappeler que lorsque je suis arrivé à Canal une grande partie des stars françaises et étrangères ne voulaient pas ou ne voulaient plus y mettre les pieds considérant qu'ils ou elles n'avaient pas à s'expliquer sur les lourderies du Sieur Gaccio : Depardieu, Delon, Belmondo, Modiano, Styron, Norman Mailer, Woody Allen, Hallyday, Cabrel, Allègre, Sean Penn... Monde fragile.

Il existe des légions d'autres exemples mais je dois dire que les deux Guignols historiques, en dehors de Gaccio, Jean-François Alain et Benoît Delépine, ont été extraordinairement fair-play – et il n'y a pas d'autre mot –, sincèrement gentils avec moi en désavouant l'attitude de leur successeur à l'antenne ce soir-là. Le soir des dix ans. Peut-être se rendaient-ils compte que dans ma situation, la vibration du studio devenait dangereuse, presque meurtrière.

Franchement, croyez-moi, nul apitoiement dans ces constatations... Je me souviens d'un voyage à Beyrouth pour la Cinq, avec comme producteur Alain Debos qui avait longuement travaillé pour CBS. Nous étions partis pour interviewer le général Aoun bombardé à longueur de journée dans le palais de la Baabda. Ça tirait dans tous les coins de rue. La nuit tombée, sur une plage de Chypre, mon ami et cameraman Franck Vielgieux m'enseignait dans l'eau des mouvements de karaté pour évacuer la trouille. Il fallait réaliser l'ensemble de l'opération : départ-Paris-Chypre-Beyrouth-ascension-vers-le-palais-interview-et-retour, en moins de trente-six heures. Ce qui était plutôt stressant même si les dangers étaient calculés. Eh bien, à aucun moment je n'ai ressenti le quart du vingt-cinquième de l'angoisse qui m'a étreint tous les jours lors des deux derniers mois de ma présence à Canal. Le stress était monté à un tel niveau que je dus m'arrêter deux fois une semaine sur l'ordre de mes médecins. Revenant pour la dernière émission, j'ai eu le droit à cette ultime gentillesse : « Saluons celui qui ne fait rien depuis deux ans. » Prévoyant leur ignominie, j'étais sorti du studio, n'étant pas sûr de supporter physiquement cette insulte jusqu'au-boutiste... Sur le moment, enfermé dans une autre pièce, avant de revenir à l'antenne je ne me suis pas aperçu que pour la première fois depuis le début de cette émission le public les sifflait. J'aurais pu en tirer une certaine satisfaction, cela ne fit que renforcer ma tristesse. Le matin j'avais écrit un petit mot à tous les gens de mon équipe et aux réalisateurs. Le soir je quittais le bel immeuble de Richard Meier sans que personne du staff dirigeant ne vienne me serrer la main ni me dire un petit mot, après deux ans de travail. Ni Lescure, ni de Greef, ni Bibiane Godffroy. Personne...

En quittant le bâtiment je fus assailli par le souvenir de Jean-Louis Calderon écrasé par un char en Roumanie alors qu'il tenait les hanches de son cameraman, Patrice Dutertre, pour qu'il ne prenne pas une balle et qu'il filme tranquillement la mitraille... Le père de Jean-Louis, républicain espagnol réfugié en France, sacrifia sa vie pour que son fils puisse accomplir sa vie de journaliste. Un soir de douce bringue, très tard dans la nuit je me suis retrouvé avec Patrick de Carolis et quelques autres, le cœur chaotique dans l'escalier de l'immeuble de Jean-Louis à Boulogne. Il fallait expliquer à sa femme Béatrice qu'il ne reviendrait plus. Nuit insoutenable de larmes, de chagrin. Pourquoi ai-je échangé la fréquentation des journalistes pour celle des mondains ? L'argent ? Certainement pas. La nécessité de poursuivre une carrière ? Sûrement.

Le choix ne se posait pas en ces termes-là à l'époque mais pour la répétition de ces glissements, je me méprise.

> Un homme qui dort, tient en cercle autour de lui le fil des heures, l'or des années et des mondes.
>
> Marcel Proust.

Jeudi 22, milieu de journée, soleil.

Entre deux siestes. Verres de rosé. Quelques Sveltesse 0 % épaulés par des linguine aux gambas. Pour la lecture : le *Signé Malraux* de Jean-François Lyotard. Sa disparition l'année dernière m'attrista énormément car j'avais adoré converser avec lui à l'occasion de « La vie des idées » sur LCI. Un cancer l'a emporté, je ne l'ai jamais entendu se plaindre.

Le rosé picotant les neurones, je jette un coup d'œil au Tour de France. Les coureurs sont muets et les journalistes se divisent en deux catégories : les apologétiques comme

Jean-René Godard de France 2 et les littéraro-sceptiques comme Jean-Louis Touzet, dans *Libération*. Pommade à la cortisone ou pas, Amstrong écrase l'Europe.

Entre deux bâillements qui ne dépareilleraient pas dans une réserve d'hippopotames (rosé ou pas rosé), je m'énerve tout seul contre ceux qui nous ont chantillysé la tête après la Coupe du Monde. Car notre équipe : blacks, blancs, beurs est avant tout composée de cadres supérieurs du muscle qui gagnent tous entre un et deux millions de francs par mois, défiscalisés, sans compter les primes. Le plus français d'entre eux jouant à Monaco devant un public inexistant mais cerné par les banques. Depuis que je suis en âge de vaguement comprendre quelque chose, il n'y a pas un domaine d'activité où l'argent se soit répandu aussi vite. Quand je pense que l'on a fait tout un souk pour les cent vingt mille francs d'Ockrent à France 2 et pour les deux cent mille francs de Jacques Calvet qui avait quand même la responsabilité d'une entreprise entière, je me dis qu'on marche sur la tête [1]. Ou, plus exactement, comme disent les acteurs, il y a ceux qui « ont la carte » et ceux qui ne l'ont pas. Exemple : un Dugarry contrôlé positif fait beaucoup moins de presse que Djamel Bourras et je ne parle pas de Virenque.

En fait l'indignation le scandale n'est pas fonction de ce que l'on reproche aux gens mais dépend de la sympathie qu'ils inspirent ou pas. C'est la fameuse histoire de « l'image » de quelqu'un. Depuis vingt-cinq ans j'ai croisé beaucoup de monde et ce privilège m'a permis de constater que cette image est une pure construction qui émane de la volonté d'un sujet mais qui est entretenue aussi, à longueur de dossiers de presse, par des gens qui ne sont pas pressés de changer de fusil d'épaule. Moi ça fait vingt ans que je suis le Golden Boy... Sérillon incarnerait la morale, Masure, l'ironie bon enfant; Ockrent, la grande bourgeoisie CBS. Tout cela est à la fois un peu vrai et totalement faux.

1. A part à Marseille, la foule ne hurle plus contre les joueurs milliardaires. Dans ce domaine, l'argent, la tête a donné le mauvais exemple.

Si les Guignols n'avaient pas totalement pété les plombs, à la fin ils m'auraient forcément détruit, car une grande majorité de gens prennent leur discours pour argent comptant. Je n'ai jamais caché mon amour pour le tennis, mais voir sans arrêt Durand avec une raquette construit un personnage je-m'en-foutiste, entre le non-travail et le piston, écrasé par une avalanche d'argent et de paillettes, enseveli sous la prétention... Comme il n'est pas question de répondre, comment voulez-vous sortir de la nasse ? C'est ainsi que Baffi a été achevé. Ce type réservé et charmant, transformé en provocateur par Ardisson, est entré un jour à Canal pour mettre du piment dans la partie « talk » de l'émission. On lui avait donc clairement demandé de venir pour ce rôle. Que s'est-il passé ? Gildas s'est empressé de lui broyer le genou pour qu'il ne perturbe pas ses interviews et les Guignols lui ont balancé le coup de grâce tous les soirs sous le prétexte : « tu nous fais pas rire » alors que leur angoisse était qu'il fasse plus rire qu'eux. Baffi, bouleversé par tant d'agressivité, s'est éteint, tremblant. Ascenseur pour l'échafaud, la beauté de la musique en moins.

Un jour d'énervement, j'ai appelé le rédacteur en chef de *Voici*, pour savoir qui l'alimentait à mon sujet dès le début de mon arrivée à Canal. Il n'a pas voulu lâcher les noms comme c'était prévisible, mais en revanche, un rien compatissant, il m'a avoué qu'une semaine après mon installation il était débordé d'appels de gens qui étaient assis quasiment dans mon bureau. C'est absolument hallucinant, vous croisez des gens sympathiques à la machine à café, plutôt jeunes, plutôt branchés, plus portés sur Beck que sur Serge Lama, vous tournez le dos trente secondes et ils vous balancent chez Bertelsman... Faut dire que les Allemands savent depuis longtemps faire parler certains Français...

Parfois, sous le coup des agressions, je rêvais de caméras de surveillance chez moi ou à mon bureau pour que l'on puisse vérifier mon travail, c'est dire à quel point j'étais prêt à m'abaisser, à quel point mes défenses explosaient, brisant jour après jour mon orgueil, installant peu à peu mon corps en dehors de mon esprit. Le corps est toujours plus raisonnable, c'est lui qui siffla la fin, quelques jours avant la fin. Mais sur le moment allez donc expliquer tout ça, et puis, qui va vous croire ? Vous n'entendrez que sarcasmes sur les larmoiements d'un pauvre gars de la télé. Car la logique inconsciente de notre situation, c'est de sous-entendre qu'il y a un prix à payer pour la visibilité qui nous est offerte. Ce n'est écrit nulle part. C'est la vieille loi du show-business qui a détruit tant de fragiles du cinéma : « Tu es visible : tu es visé. Puisque tu parles aux autres, tu leur appartiens. »

Malheureusement ce mouvement vers la transparence totale des vies est inexorable. J'ai toujours bien aimé cette phrase de Roger Thérond, l'historique patron de *Match* : « *Match* n'a pas besoin des gens, ce sont les gens qui ont besoin de *Match*. » Il provoque, mais souvenez-vous de cet été, que vous soyez dans un camping ou à Eden Rock, à Antibes, que vous dîniez avec des intellos, des bourgeois, des écolos à tongs ou des épigones de Chopin, qui ne s'est pas rué à la maison de presse du coin pour acheter le *Match* qui a suivi la mort de John John Kennedy ou la fesse de Cachou offerte à un footeux ? Le voyeurisme est tout-public.

(Agréable rosé). Nous sommes arrivés à un moment particulier du siècle où on lit les journaux à l'envers. D'abord les portraits, les potins, les films, qu'il s'agisse de *Libération*, du *Parisien* ou du *Figaro*. Même dans les rédactions, le reste de la pagination passe à la poubelle... Nous sommes devenus un spectacle, y compris pour nos proches. Le moindre entrefilet dans un journal, c'est-à-dire l'équivalent d'une rumeur dans un film de Clouzot en province, m'a valu ces deux dernières années des coups de téléphone angoissés de ma mère.

— Enfin, Guillaume, tu ne vas pas me dire que c'est faux puisque c'est écrit dans le journal !

Quatre jours en escarpins en Suisse,
trois jours en bottes au Haras...

Notre hôtesse.

24 juillet au soir.

Dîner à Porto-Vecchio chez des milliardaires ultra-soporifiques. Ils nous présentent un couple d'Américains du style Ted Turner-Jane Fonda. Lui vient de vendre sa compagnie : Breaking The News, qui gère six cent cinquante hélicoptères de reportage sur le territoire américain et à qui l'on doit, entre autres, la fameuse chasse derrière O.J. Simpson. Il pense que l'avenir des médias appartient maintenant à la relation télévision-internet. Il va placer son argent dans le « Teen Business », source de l'audience dans l'avenir, car toutes les autres formes de consommation télévisée seront segmentées, et il explique d'une manière extrêmement convaincante que les riches ne regardent que Bloomberg TV ; les cadres supérieurs consomment les chaînes d'informations ; la province regarde la province ; les ados sont sur MTV. Chacun chez soi. Les grands networks s'effritent et seul l'un d'entre eux dégage encore des bénéfices. Il n'y a que l'adolescence, nous explique-t-il, qui constitue une communauté au-delà des langues et des barrières sociales. Après l'âge de vingt-cinq ans chacun fait son nid dans son ghetto. Le tout est assaisonné de chiffres lumineux pendant que nous dégustons un excellent foie gras au réglisse. Sinistre le foie, définitive la démonstration.

Cliquetis de verres, mondanités approximatives, je m'endors. Mais brutalement la conversation glisse vers le jumping et l'achat de chevaux. Surréaliste épouse suédoise du Yankee qui mime l'étalon refusant l'obstacle. Elle est totalement pétée et s'enfonce le talon de ses Manolo Blanhik dans un bas-ventre soyeux et « chanélisé ». Chaleurs sur Palm Springs. Elle est au bord du hurlement. Face à l'un des convives tétanisé, elle entame une crise de paludisme sexuel. Ce qui plonge l'assemblée dans une très légère gêne car, à Porto-Vecchio, la salope Pina-Colada tendance Los Angeles est plutôt rare. Peu troublé, le mari sourit et n'hésite pas à balancer :

— Elle me coûte moins cher qu'un divorce californien !

Elle serait morte bourrée ou frappée d'apoplexie, notre Ted Turner maison se serait tranquillement couché avec son fax.

En deux heures nous eûmes le meilleur et le pire de l'Amérique. Lui était incontestablement un homme d'affaires visionnaire, intelligent dès que le dollar scintille. Elle, l'incarnation même de la carte de crédit dépravée en action. Dans l'ensemble nous étions loin de Carson McCullers et de ses horloges sans aiguilles. Loin des états d'âme. Loin du raffinement. Loin des livres de cendres, d'alcool et de pêche de Jim Harrison. Mais peut-être qu'une partie de leur rudesse nous manque pour que nous sortions de notre contentement et de cette périphérie du monde où l'histoire nous a installés ces dernières années.

25 juillet.

Juliette me manque atrocement. Me plaindre serait de mauvais goût puisque je l'ai exhortée à abandonner la Sorbonne et ses éternelles questions sur Ronsard et du Bellay. La poésie m'enchante mais je suis délibérément entré dans le camp de ceux qui considèrent que l'université doit envisager comme finalité un travail même s'il ne s'agit pas d'en faire l'antichambre des entreprises. J'ai tellement souffert de mes interminables études d'histoire post-soixante-huitardes. Pour ce qui est de la Commune, j'étais imbattable ! La bourgeoisie montait inexorablement depuis le bas Moyen Age, mais j'étais infoutu d'utiliser une machine à écrire. A part l'enseignement prodigieux des fils de Marc Bloch, je suis resté plus de dix à l'université pour presque rien. J'ai enseigné trois ans, de vingt-trois à vingt-six ans, le déphasage était tel entre ce que nous avions appris et les besoins des élèves qu'il fallait sombrer dans la démagogie ou l'autoritarisme pour se faire entendre. Or, dans ces deux domaines, ma nullité était extrême. Je croyais qu'on pouvait « les avoir » à la passion. Il fallut attendre les séminaires de Barthes et Foucault au Collège de France pour apprécier ce mélange extraordinaire d'érudition, de poésie, de cabotinage et de perversité, qui fut la marque de l'université à la fin des années 70.

Aujourd'hui, il faut être aveugle pour ne pas sentir l'accélération de l'histoire. Pas la fin de l'histoire comme l'écrit Fukuyama mais la fulgurante accélération impulsée par les nouvelles technologies, et l'accession à la scène mondiale de peuples que les experts, il y a encore peu de temps, considéraient comme condamnés à l'éternelle misère.

A moins d'entamer une carrière d'anachorète byzantin ou de réécrire pour la quarante-septième fois ce que Guy Debord a écrit et dénoncé avec classicisme et virtuosité il y a trente ans, je ne vois pas comment à l'époque d'internet nous pouvons éviter d'être les contemporains de nos contemporains... Comme tout le monde, j'ai la nostalgie des paradis de la différence, de la lenteur nécessaire que décrit Kundera, mais attention à ne pas sombrer, pour nos enfants, dans une espèce de morale de gâteux qui les priverait de leur aventure *à eux*! La nécessité de la révolte est éternelle. Réinstaller le contrôle des changes, éteindre la télé, supprimer les émissions grand public, mettre en avant toutes les marginalités ne changera rien au mouvement général de cette fin de XXe siècle. Si Juliette, à New York, ne maîtrise pas les écrans, ne lit pas les livres et se fout des algorithmes, il se trouvera un Coréen qui le fera à sa place. Rimbaud fut un excellent élève au lycée de Charleville, un prodige... On a tous le droit de vomir notre famille et notre époque à condition que ce vomissement soit un choix conscient et non pas le résultat d'une vague attitude...

Je suis né avec une génération qui envisageait de prendre les armes avec les Brigades Rouges un matin, tout en vénérant le « give peace a chance » l'après-midi. Ça donne aujourd'hui de gentils petits cadres qui ont des états d'âme, des souverainistes, des fédéralistes, des cocus, des enfoirés mais certainement pas des grandioses. D'ailleurs, qui est le Français grandiose aujourd'hui ? Quel est celui dont l'aura est mondiale pour son pouvoir, sa pensée, sa musique ou sa révolte ? Réfléchissez trente secondes... Nous sommes très proches du désert sans les Tartares. Malgré les défauts qu'on lui prête j'aimerais que Bernard Kouchner trouve la force de réussir au Kosovo, de devenir secrétaire général des Nations Unies. Une sorte de Lord Mountbatten contemporain, inventeur du droit d'ingérence et dont nous pourrions tous être fiers. S'il réussit... Et si l'épuisement l'épargne.

Le reste : quelque Boulez dont le rayonnement dépasse parfois Brest ; Besson, Starck, Mondino, Aznavour, Saint Laurent, René Girard, Bocuse, Gaultier.

La peur bleue

La révolte, la vraie, nécessite d'abord et avant tout un talent fulgurant, le reste c'est l'éternelle branlette « fashion ». Il ne suffit pas de se sentir révolté. Tout le monde se sent « quelque chose ». C'est d'une banalité affligeante. Encore faut-il que la révolte devienne une œuvre. La lecture du *Condamné à mort* de Genet a plus fait pour ma guérison de l'épisode Canal que n'importe quel gémissement plaintif.

Le 25, juste avant le ski nautique et un yaourt.

Je tombe sur un vieux numéro du *Canard enchaîné* qui raconte une colère d'André Rousselet. Il se trouve que l'ayant croisé il y a deux mois, avenue George-V, il m'avait relaté dans le détail ce qui est consigné dans le journal. Preuve que parfois c'est vrai !

Un matin le téléphone sonne chez lui et l'impérial inventeur de Canal entend ébahi la secrétaire de Marc-Olivier Fogiel qui, sans prendre de pincettes, le convoque illico presto dans un studio (si mes souvenirs sont bons, le lendemain matin) pour qu'il donne son témoignage sur la nomination de Marc Tessier à France Télévision. Lequel Marc Tessier fut l'un des anciens bras droits de monsieur André.

Fogiel, la brave guêpe qui ne pique que si l'on s'en sert (et de Greef s'en sert abondamment), n'a même pas trouvé le temps de décrocher lui-même le téléphone. Ce jeune homme qui n'a que le mot « communication » à la bouche cherchait l'adoubement du nouveau président de la télévision publique par celui qui fut son maître et César... Une jolie opération de brosse à reluire qui, tout en informant le crypto-maniaque, permettra au producteur Fogiel de caser quelques programmes indispensables à la Rédemption du service public. Ce type n'est qu'un moderne avaleur de sabres. Un dard sans venin. Ses invités ne peuvent même pas lui coller des gifles, tout est enregistré.

Quand je m'énerve je me dis que je publierai un jour les espèces de petits cartons avec logo de Canal Plus où il proteste de l'honnêteté avec laquelle il a traité ma modeste affaire dans son émission « TV Plus ». Le jour de mon éviction les caméras de « TV Plus » accompagnées de De Greef pénètrent chez des

Guignols hilares en pleine confection du sketch qui me sera consacré. « Consacré » est un mot faible.

La semaine suivante, pour calmer le jeu et les rumeurs, de Greef se fait interviewer sur son canapé pour dire qu'il est probable... mais qu'il n'est pas certain... que je ne ferai plus NPA l'année prochaine ; et il continue, vautré comme une « Bette Davis aphasique » : Nagui n'est qu'une hypothèse de travail... intéressante... il nous a proposé une super-sitcom (trois jeunes de trente ans attendent d'en avoir trente et un !). Bref, de la semoule pour gâteux, un extraordinaire brouillage de piste destiné à prolonger le suspense, et à éviter que la rupture de mon contrat soit spectaculairement de leur fait. Et qui a envoyé ses petites caméras bien complaisantes voir papa de Greef, c'est le gentil Marco !!!

Et ça nous ramène à cette affaire d'image. Calderon, un type admirable, n'a peut-être pas marqué les esprits, parce que la Cinq au départ était une sorte de péché français contre les belles âmes. Travaillant pour Hersant et Berlusconi nous étions sulfureux, d'entrée. Et pourtant, quel journaliste ce Calderon, piétinant pendant des mois la montagne afghane pour un reportage. Et pourtant, quel journaliste ce Dutertre, qui brisa toutes les contraintes du SIRPA pour nous envoyer chaque jour de la guerre du Golfe des sujets extrêmement libres sur le moral des troupes, les bilans et les options stratégiques choisies. Calderon et Dutertre n'étaient pas les seuls. J'atteste que pas une seule fois ils n'ont travaillé dans l'idée de servir une soupe militaro-américaine. Mais c'est l'Image qui nous condamnait. Le fond noir du décor des spéciales. Les émissions trop longues. Les nuits avec Scuds, les nuits sans Scuds. Une approximation gourmande d'une télévision qui avait tellement souffert pendant des années de son emprise étatique qu'elle décida en quelques mois de lâcher la bride à des parvenus dans mon genre qui n'eurent pas le temps de trouver la juste distance entre l'action et la mise en perspective. Il faut dire que nous étions tellement habitués à l'ombre ministérielle et gouvernementale jusqu'au début des années 80, que beaucoup de rédactions audiovisuelles, très majoritairement à gauche, qu'elles travaillent pour Lagardère, Bouygues ou Hersant, n'avaient qu'une obsession : gagner de la liberté. Vite et fort. Exagérément ! Ce fut le moment de l'explosion de Greenpeace, des Irlandais de Vincennes, de Pechiney, du suicide de Bérégovoy, Plenel trouvant chez Joxe ce qu'il livrerait chez Dumas et contre la droite, et Villeneuve chez Pasqua ce qu'il lâcherait contre Mitterrand [1]... Dans toutes les grandes affaires, les informations ne sont pas en vente dans les supérettes. Avec amitié, j'ai le regret de dire à Pierre Carles qu'une forme de proximité est nécessaire entre les journalistes et les hommes politiques, car en vingt-cinq ans, je n'ai jamais vu un enquêteur débutant arracher une révélation d'importance à un avocat, un ministre, un syndicaliste qu'il n'aurait jamais rencontré auparavant. Et où se trouvent les informations si ce n'est, le plus souvent, à la source même du pouvoir ?

La seule alternative possible, d'essence révolutionnaire, n'a même plus de représentants

1. Deux parmi les meilleurs enquêteurs des années 80, avec Brusini, Pontaut, Airy Routier et tant d'autres. Il leur faut des sources pour trouver.

sérieux. C'est le rôle que s'est assigné Pierre Bourdieu.

Il y a des centaines de journalismes de Pierre Viansson-Ponté aux paparazzi, et, en dehors de quelques éditorialistes qui ne touchent plus terre depuis des lustres, nous sommes tous, les uns et les autres, obligés de mettre les mains dans le cambouis. Il y a du flic chez l'enquêteur, du flagorneur chez l'interviewer, du pseudo-universitaire chez le confectionneur de dossiers. Mais surtout, une grande proportion d'intellectuels non aboutis, de gens qui sont, comme moi, tout au long de leur vie, à la recherche d'un père professionnel : le patron de presse. C'est notre infirmité et notre grandeur que d'écrire, de parler ou de filmer au quotidien l'histoire de l'Humanité. La question de fond n'est pas celle des erreurs que nous avons pu commettre. Elles sont inéluctables pour ceux qui cherchent quelque chose, qui pratiquent le direct et l'écriture rapide. La question de fond, c'est l'honnêteté.

Monde las de mes mystères, dans la chambre d'un visage, ma nuit est-elle prévue ?

René Char.

Le 25, au cœur de la nuit.

Je parcours *Tombouctou* de Paul Auster et l'ennui est immédiat. Depuis trois semaines la télévision n'existe pas. En l'allumant, je tombe sur l'extraordinaire foule arabe enterrant le roi du Maroc, Hassan II. Désordre indescriptible, une vague gigantesque de djellabas blanches happe Bill Clinton... Arafat, perroquet fragile, est littéralement porté par le Tunisien, Ben Ali. Une chaleur infernale suffoque l'écran. Après Rabin, après Hussein de Jordanie, tous les dirigeants du monde sont aux pieds de celui qui est passé au cours des années du dictateur éclairé mais corrompu, à l'un des rares remparts contre l'islamisme et le déchaînement des masses arabes contre Israël. La fin est noble. Les femmes hurlent dans la rue. Pour Bouteflika c'est une première sortie. Comment ces hommes peuvent-ils chercher à ce point le pouvoir qu'ils paient tous de la maladie, après avoir échappé aux complots les plus violents ?

Au fur et à mesure de l'enterrement, malgré la Corse, malgré une simple télévision, je me sens envahi par ce monde arabe où j'ai si souvent traîné mes guêtres. Bizarrement, toute l'actualité marquante de ces dernières années vint de l'Est et de l'Orient. A l'Ouest, en Amérique, j'ai couvert deux conventions présidentielles (élections de Bush et de Clinton) mais je n'ai jamais senti l'éblouissement de l'histoire. New York m'a même englué puisque ce fut le plus grand ratage de ma carrière. Moi, l'accro de l'événement, j'ai raté la chute du Mur de Berlin en 89. L'histoire, qui fut au cœur de mes études, de ma courte carrière d'enseignant, puis de jeune journaliste, s'est chargée de me ridiculiser, ce fameux jour de 89 comme cette vague gigantesque qui m'a inondé sur un quai de l'île de Malte alors que j'enregistrais mon papier sur un sommet Bush-Gorbatchev ravagé par la tempête.

Finalement, toutes ces années un délire d'action m'a écarté de la réflexion. En étais-je capable, est-ce vraiment une des caractéristiques de l'époque et peut-on se consoler de cette absence en ayant beaucoup vu et longtemps plongé son regard dans la vie des autres ? Ne jamais s'occuper de soi est une ascèse dangereuse pour l'esprit. Mais, du début des années 60 au milieu des années 80 la folie, la liberté m'ont donné une profonde envie de voir le monde : le rock, Timothy Leary, le Vietnam, les premiers héros de García Márquez, un voyage en Amazonie sur une barge de pétrole, Barnett Newman, Warhol, Basquiat, Mishima, Gorbatchev, Elstine, la Palestine en feu, New York triomphant de toutes les autres villes, *Rusty James*, Roland Kirk le saxophoniste hémiplégique, Pasolini, Truffaut, *Le Guépard*, *Le Mépris*, Solidarnosc, Scorsese, Sly and the Family Stone, Anselm Kiefer, Richard Brautigan, *Le Lauréat*, Klaus Kinski, Fassbinder, tout Hendrix, les Beatles, Clapton, Stones, joints, Mexico 68, Antonioni, les pat'd'eph', la crinière bouclée, des dizaines de voyages, des amours laissées au bord de la route, ma première petite amie qui ne revint jamais de Goa, un bric-à-brac générationnel que j'ai passionnément aimé. Et pourtant, ces hommes, ces femmes, ces lieux, cette haine et ces histoires ne remplaceront jamais un tableau ou un livre.

On m'a souvent demandé, lieu commun des interviewers, quel était le personnage que je rêvais de rencontrer. La faiblesse Brando mise à part, ce fut longtemps Philippe Soupault ; je m'acharnais, rêveur ébloui, à forcer tous les barrages qui me permettraient enfin de savoir comment deux jeunes gens d'à peine vingt ans, lui et André Breton, ont trouvé la force, la défonce maîtrisée et l'urgence d'écrire *Les Champs magnétiques* au début des années 20. Il y a quelques mois, à la fin de l'après-midi, je sonnais à la porte de sa maison de retraite dans le XVIe arrondissement de Paris. Il venait de quitter la terre. Sur le trottoir, j'ai pleuré l'auteur de ce texte relu cent fois. Il reste Lévi-Strauss qui, à plus de quatre-vingt-dix ans, se promène rue des Marronniers, derrière la Maison de la radio, et Maurice Blanchot, tapi quelque part, à près de cent ans, dans un petit appartement du Pré-Saint-Gervais. Portes closes. L'éclat, l'énergie de cet entre-deux-guerres culturel français est presque sans égal. Peut-être le XVIIIe siècle, la Renaissance ou l'Angleterre élisabéthaine. Les historiens, les linguistes donneront les dates et les classements, au moins aurai-je vécu sans regrets ce qu'il fallait vivre de la vie lorsqu'on naît à la conscience avec les images de Godard et les riffs de Keith Richard. Depuis, j'ai le sentiment que le rouleau compresseur avance, qu'il est loin d'être sans intérêt, mais qu'il ne me concerne plus vraiment. Il n'est pas impossible que les mots prennent le relais de la vie. Ces mots qui me terrorisaient tant, moi le noyé de la peur bleue.

Une seule fois, cette chienne d'angoisse me saisit au travail. A Bagdad, début 80. La chasse israélienne, un rare après-midi de pause, fondit sur Osirak, le centre nucléaire du pouvoir de Saddam. Un extraordinaire ballet millimétré d'acier hurlant et de morts à délivrer. Une quinzaine de Starfighter, à vingt-cinq mètres du sol, à vingt-cinq mètres de mon hôtel, le Melia Mansour. La fin du monde entrait dans ma chambre. Réflexe professionnel, je n'y avais aucun mérite, mais compris immédiatement ce qui était en jeu. Je saisis mon Nagra pour enregistrer l'espace d'un instant le délire des réacteurs. On savait que les Israéliens ne pouvaient accepter la menace nucléaire et qu'ils voulaient que la guerre entre l'Iran et l'Irak devienne une bonne vieille guerre de tranchées à l'ancienne, meurtrière à souhait, engluée dans les puits de pétrole que l'on se dispute au large de Bassorah. Sur le moment je me contrefoutais de ces considérations géostratégiques. L'info, ça urge. Je sortis comme un malade de ma chambre, enfonçai les portes de quelques autres, pour casser tous les téléphones possibles afin de trouver une liaison avec Paris, en bidouillant le magnétophone, ce qui permettrait d'acheminer le son de l'attaque en quelques instants pour le prochain flash info d'Europe 1... Dans l'hôtel, la cohue était indescriptible... Bakchichs aux standardistes pour qu'ils me débloquent une ligne en urgence.

Ça marche, et j'entends la voix de Gilles Schneider qui, ayant couvert le printemps de Prague, comprend immédiatement la situation. Peut-être me trouverez-vous grotesque, mais j'aime passionnément ces moments d'histoire vécue. La trouille n'a pas de place dans ce délire d'action. Transmettre, transmettre à tout prix, enregistrer un papier qui regroupe un maximum de faits tout en ouvrant la porte à une interprétation, le tout doit être fait en moins de dix minutes. Gildas, Schneider, Jean-Yves Boulain m'ont appris à l'époque ce qu'était le traitement de l'essentiel. Les mots justes, le refus du verbiage, « les nuages, on s'en fout, tes sentiments tu peux t'les garder, combien y avait-il de chasseurs ? ». A ce degré de vitesse et de responsabilité, car la moindre connerie écrite ou diffusée peut être tragique, on est dans le temps tout en en perdant absolument le sens. En nage et glacé, il faut finir.

Une fois l'essentiel du miracle accompli, car au fond je n'étais dans ma chambre que par le plus grand des hasards, j'enfilai très rapidement un pantalon et un tee-shirt pour me précipiter à l'ambassade et confronter mes informations avec les diplomates, les chiffreurs et les militaires qui nous représentaient là-bas. « Mon p'tit Durand, tu te surestimes », la main sur le chambranle de la porte, elle m'explosa dans la figure ! Le téléphoniste, après avoir empoché mon argent, avait prévenu la milice. Cinq hommes me collèrent sur un mur la kalach en joue, cherchant les bandes, les magnétos et toutes traces de mon reportage. Nous évitions la conversation, j'esquivais quelques beignes tâchant d'éviter le pire en brandissant les droits de la presse à des moustachus que cela n'émouvait que très moyennement. Là, la glace de l'hystérie de l'action se mit à fondre, j'étais en eau. Je n'allais quand même pas me faire dézinguer par ces cinq connards. La suite n'a pas d'importance car je n'ai pas le goût de l'héroïsme. Un maximum de palabres finit par aboutir à un minimum de liberté. Le jour suivant, content de mon scoop, je décidais de rentrer à Paris, sans prévenir ma rédaction, ce qui ne se fait pas. Envahi par le ras-le-bol.

Alexandre Fronty, l'un des grands reporters d'Europe 1, me remplaça au sud du pays. Par mégarde, avec d'autres confrères, ils passèrent l'invisible frontière avec l'Iran, tombant aux mains des Pasdarans, qui ne se privèrent pas de leur mimer chaque jour une exécution en bonne et due forme, le foulard sur les yeux.

Alex revint de ce cauchemar. Une cérémonie touchante l'attendait, peut-être une prime, un cadeau. Mais fatigué de cette menace incessante sur son existence depuis vingt ans, il se prit de passion pour le dossier des radios libres, à l'époque, elles l'étaient. Puis le héros fut mis au placard, sans raison.

Moi, pour prix de ma demi-réussite, on me fit miroiter un voyage officiel à Monaco. Il paraît que je n'avais pas suffisamment l'esprit Nord-Sud.

Toutes les vies de journaliste sont des défaites annoncées.

Derrière les ennuis et les vastes chagrins...
Heureux celui qui peut d'une aile vigoureuse
S'élancer vers les champs lumineux et sereins...

Charles Baudelaire.

Vendredi 30 juillet, l'aube, bientôt le départ.

Allez donc comprendre pourquoi ce matin mon lit m'a éjecté comme un soufflet sans sommeil ? Et pourtant, j'aurais voulu émerger, fin, mince, comme Anthony Perkins, psychose et couteau en moins. Je supporte de moins en moins ce visage qui s'élargit sous une bouclette éparse qui découvre un front beethovénien. Plus de cheveux, plus de rideau pour mon visage.

Devant moi, plantés dans la Méditerranée profonde qui n'écume qu'une petite rage blanche : les Lavezzi. Ilots d'immenses blocs de granit ultra-résistants qui forment des piscines d'eau claire, donnant à tous les corps qui s'y plongent l'illusion d'une régénération. J'y nage presque tous les jours. Séché, je redeviens l'endive braisée à la jambe maigrelette. La peau rougie, comme une vieille selle Hermès, n'offre plus un carré de douceur à celle qui aurait envisagé une caresse. Existe-t-elle l'embaumeuse du tombeau de ma vie ? Depuis le début de cette aventure, la fin est proche, je le sais. Par dérision, j'inonde de demi-phrases drôles un auditoire qui m'aime bien et accompagne ma descente en ne la commentant qu'à mots couverts. Le mur où je m'écraserai m'attend quelque part. A moins que Diane, Joseph, Arthur, Donald et Juliette s'opposent à ma disparition. Mal réveillé, je suis comme la *Sémillante* sortant de la brume, goélette bouffie d'hommes d'équipage qui eut l'imprudence de défier les bouches de Bonifacio, l'eau et le vent. Cette symphonie d'hiver, trop forte de bois et la voile d'un navire qui se déchira sur le roc, laissant cinq cents corps, hystériques de résistance inutile, flotter vers la Sardaigne, avant de nourrir les fonds bleutés. Le lendemain de cette fin de XIXe siècle il fit peut-être beau, le courant effaça toutes traces du naufrage. Cent ans plus tard, l'aube plante des bleus dans mon regard : argent marine, pour la Méditerranée qui me fait face, bleu rosé pour le ciel qui me domine.

J'aurais tellement aimé, en dehors de Perkins, être cet autre mince du cinéma : le Peter O'Toole de *Lord Jim* d'après Joseph Conrad. Les miroirs de mon enfance et la génétique ont soigneusement écarté ces hypothèses. Lot de consolation dans les salles obscures des cinémas de quartier. La plus bouleversante séance mettait en scène le bagnard Joseph Cotten, qui trouva dans ce film que vous allez deviner, son plus grand rôle en dehors du *Troisième Homme* de Carol Reed. Poussé à s'expatrier vers la Nouvelle-Zélande, peut-être l'Australie, il arracha à la bonne société londonienne une divine Ingrid Bergman, la gentry personnifiée. Avec les années, il lui construit un avenir, un ranch de tendresse sur ces terres violentes. Mais trop de gentillesse, trop d'éloignement de son milieu finirent par devenir un obstacle au désir. Nostalgie des conversations et des hommes qui vous font la cour, à Londres...

Un soir, ils étaient seuls en habit dans ce palais du Nouveau Monde pour aller nulle part. Seuls et impeccables. Lui, dans l'immense salon du bas, elle, descendant les escaliers qui lui font face, lentement. Hitchcock, pervers du sentiment, a placé ses caméras derrière Joseph Cotten. Et moi, spectateur de cette déchirure dans une salle vide du Quartier Latin, je vois les mains crispées broyer les bijoux prêts à être offerts. Elle ne dit rien car elle s'avance, lui n'ose rien dire car il est conscient de l'avoir enfermée...

Des mots vont sortir. La voix brisée et embarrassée, il lui annonce qu'il a peut-être une surprise, un cadeau. Elle n'a rien vu, mais surfant sur les marches qui l'amèneront au sol, une réponse siffle :

— *I hate jewels!*

L'écran transpire, je suis bouleversé par l'immensité de cet effondrement moral et silencieux. Il n'y aura jamais de bonheur pour les amants du Capricorne. Magistrale est la leçon donnée par Sir Alfred pour tous ceux que la fin d'un amour désespère.

Diane, résisteras-tu ? Je t'aime tant.

31 juillet.

En fin d'après-midi, à l'aéroport de Figari un monsieur entre deux âges m'interpelle alors que j'achète les journaux :

— Alors quand est-ce qu'on vous revoit à la télé ?... Ma femme vous aime bien... C'est vrai qu'ils vous ont viré ? A ce propos vous devriez lire *Entrevue*...

Je bredouille. Je souris. Un autographe pour son épouse, la divine Yvonne. Et il s'éclipse. Qu'est-ce que c'est encore que cette connerie ? J'enclenche la marche arrière et freine comme Jolly Jumper devant la pile d'*Entrevue.* Il fallait s'y attendre : juste au-dessus de la blonde siliconée et sitcomisée, ma tête et ce titre : « Pourquoi Durand est devenu fou. »

A Orly puis dès la Porte d'Orléans je ressens le picotement du labyrinthe de la ville éternellement investie de complots. Les vacances sont terminées. A Paris, à la maison, je retrouve mon bureau. Je ne m'endors pas, j'ouvre un magazine au hasard qui explique que je « soigne ma déprime en Corse ». Puis un autre qui évoque avec « certitude » ma rentrée sur France 2. Je secoue la pile et me voilà sur TF1... au fur et à mesure des pages à RTL, France Inter, Europe 1, LCI. Impossible de dormir, j'ai mal dans le dos. Peut-être en ai-je « plein le dos » ? Cette année la conversation avec mon corps sera intéressante. Il n'a plus du tout envie de se laisser faire. C'est marrant, moi non plus. Je ne sais pas pourquoi mais ma mémoire exhume le premier sketch de Michel Serrault et Jean Poiret qui racontait l'histoire hilarante d'un acteur français ringard revenant d'Hollywood où il avait joué Richelieu chez les nazis. Puis un Frédéric Chopin en costume, mais un Chopin sans piano.

> Tu vois, c'est presque rien, c'est tellement peu.
>
> Francis Cabrel.

1er août.

Chaleur accablante. Bootsy Collins et Cabrel alternent sur la platine. A Canal on reçoit le Moustachu mais on ne l'écoute pas car l'équation dominante reste « chanteur français = chanteur merdique ». Ils ont à peu près le même sentiment pour la littérature. N'importe quel taré qui vit dans une banlieue de Londres ou dans une forêt américaine a, par définition, un talent fou. S'il bouffe des lames de rasoir, s'il peut en plus chier des piments et parler abondamment de sa séropositivité à l'antenne, la grande prêtresse du livre à NPA interrompra son massage puis son henné à la Mosquée de Paris car la littérature, la vraie, n'attend pas ! Ce conformisme m'a toujours fait hurler de rire. Nos amis sont passionnés d'exception française et détestent la bannière étoilée... Mais quelle gourmandise à l'approche de la moindre apparition de George Clooney. Les filles arrachent leur slip sauf Agnès Michaux qui attend la mort de Kubrick avec un air pénétré. L'inoubliable auteur de la énième biographie de Sissi a passé un quart d'heure en hypokhâgne il y a dix ans et depuis elle pense. Elle pense comme une folle. Elle se retient, elle réfléchit : « Peut-on mettre des chaussures Prada avec une jupe Prada ? » « Faut-il que la raie soit au milieu ou alors au milieu ? »

Odorat délicat des ambiances : je ressens violemment la merde. Pas une odeur mais une atmosphère. Je suis à peine arrivé à Paris que la merde est là, triomphante, prête à étouffer les senteurs de myrte et de genêts récemment quittées. Ecrire devient presque facile car il faut assassiner cette puanteur qui me gangrène. Comment puis-je sortir des maquis pour me reprendre en pleine figure l'image de celle qui a passé deux ans à me démolir en coulisses et qui a convaincu son gros nounours agressif de dézinguer Isabelle Giordano, histoire de l'abonner aux vertiges et de lui piquer une partie de ses attributions en matière de cinéma. Le pire, c'est qu'elle y est presque arrivée. Comme Madame Michaux pense et que nous sommes sur une chaîne de penseurs dont la préoccupation est la pensée (philo à vingt heures trente), il faut actionner les Yougoslaves dans la soute pour que la direction s'émeuve et se rende à cette évidence : sans Michaux, le cinéma est foutu. Sans Michaux, le livre est foutu. Sans Michaux, le jeune acteur américain est foutu. Vincent Gallo est foutu. Le Festival de Cannes est foutu. Frédéric Chopin ne le savait pas, ni Poiret, ni Serrault, mais ils étaient archi-foutus !!! Il leur manque à tous ce maquillage blanc, cette distanciation, cette fiche pleine de petites questions qui n'écoutent pas leurs réponses mais qui sentent l'éditorial sur l'avenir du monde, de la culture et du sushi. Mais Agnès, pourquoi n'es-tu pas entrée en khâgne !!! Sur les traces de Simone, ton amie Beauvoir, tu nous aurais rédigé un Troisième Sexe – *the queer one* – car tu es une grande lectrice de *The Face*, d'*I-D* peut-être d'un soupçon de *Cosmo*, il n'y a pas un pygmée qui ne t'échappe, pas un dossier brûlant qui ne te brûle et pas un Gaccio qui ne t'obéisse. Quels jolis Thénardier vous faites ! Toi à la manœuvre pour castrer Giordano, et lui, tel Brutus, distillant un parfum de légèreté pour taquiner les uns et chatouiller les autres mais à tout prix prévenir la direction de ménager cette future Marguerite Yourcenar qui n'attend qu'une île pour s'exprimer.

Moderne Précieuse Ridicule essayant désespérément de maigrir du bas pour que le haut respire. Je t'imagine te précipitant chez de Greef pour cafter, ce livre à la main : « Mais enfin Alain, il faut faire quelque chose, je suis une intellectuelle ! J'habite le VIe arrondissement, près du Flore ! »

Je n'aurai pas l'hypocrisie, chère Agnès, de te dire que je ne pense pas ce que j'écris. Mais les vagues effacent toute trace de rancœur et je te souhaite sincèrement une bonne année. Peut-être voulais-je simplement que tu comprennes la dureté de ce que j'ai encaissé. Tu fus l'une des actrices influentes de ce théâtre d'entreprise qu'est devenue la scène des Guignols. Rien n'a été dit en face. Et peux-tu, tranquillement, dans la pièce où tu lis ces lignes, te dire que tu n'es pour rien dans la calomnie qui s'est abattue sur moi ? Imagine-toi te promenant dans la rue avec le costard de la Précieuse Ridicule, ce serait dur. Au fond, tout ça n'est qu'une banale histoire de rivalité. Gildas ne vous faisait pas d'ombre, Nagui encore moins. Pourquoi fallait-il qu'un type lisant les mêmes livres et ayant reçu à peu près la même éducation soit lacéré ? Justement parce qu'il lisait les mêmes livres.

Reste la question de ce théâtre qui t'est si « cher » par le biais de Bruno. Si vous dites aux Guignols qu'ils ne sont que des chansonniers, ils avalent immédiatement la ciguë sur la colline du Lycabette. Ils se veulent ailleurs.

Les deux Laurent, Ruquier et Gerra, ont au moins cet avantage qu'ils signent leurs coups. On peut leur répondre. Ils ne sont pas les instruments d'un Politburo qui autorise pendant des mois qu'entre Denisot et Biétry le cœur du septième étage balance. La question n'est pas de savoir si l'on peut rire de tout. Ni même avec qui. Depuis la première représentation d'*Ubu Roi* en 1896, on sait que « le public a été stupéfait à la vue de son double ignoble qui ne lui avait pas été présenté (...). C'est parce que la foule est une masse inerte et passive qu'il faut la frapper de temps en temps pour qu'on connaisse à ses grognements d'ours où elle est et ce qu'elle est ».

Plus tard et plus loin Jarry précisera : « Nulle part est partout et le pays où l'on se trouve d'abord. C'est pour cette raison qu'Ubu parle français. » C'était la fin du siècle et l'histoire repasse pour notre fin à nous qui n'est qu'une illusion de transition mais qui autorise toutes les saloperies, toutes les lâchetés, comme un métro qui s'écroulerait sur des travailleurs fuyants et détroussés par les pillards. Mais surtout, ne pas signer ce petit théâtre de l'entreprise qui lui-même fait semblant d'ironiser sur une direction qui elle-même fait croire qu'elle ne sent pas l'haleine de la « phynance ».

Combien de fois m'a-t-on dit, Pierre, que vous parliez de Messier avec des sanglots dans la voix dans les dîners en ville ! Son talent qui vous époustoufle, ce sens de la famille que vous enviez, Grenoble, sa ville d'origine, où vous aimeriez vous installer une fois qu'il annoncera les raisons profondes de ces larmes qui inondent votre visage. Imaginez une seule seconde, que ces vérités ou ces ragots déformés deviennent les répliques incessantes du petit théâtre qui se trouve quatre étages au-dessous de son bureau... L'accepteriez-vous ? Je me souviens d'avoir donné une interview à *Libération* [1] avant de partir où j'évoquais les Indiens et les cow-boys de Canal Plus. Je faisais allusion, sans le moindre mérite, à un texte du linguiste Noam Chomsky qui divisait les médias en deux camps : les institutionnels, et puis ceux qui veulent rompre, la rage aux tripes.

Ton directeur de programmes, le Sieur de Greef, m'a répondu d'une jolie missive bien écrite que mes Indiens et mes Cow-Boys... et mon envie d'être aimé lui rappelaient Claude Lelouch. Puis il termine son courrier par : « Je suis le Dieu Râ. » Allusion égyptienne aux bénéfices qu'engrange ce pharaon de la filiale

1. *Libération*, 26 mai 1999.

française qui, tout bas, pense que son rival Michel Thoulouse fout l'argent par les fenêtres. Bien sûr, je voulais être aimé ! Et toi, mon cher Alain, tu n'aimerais pas que Pierre te reparle chaleureusement et de manière définitive, alors que souvent Paris bruit de ta mise à l'écart ? « De Greef, je vais finir par le virer. » Je crois bien avoir entendu ces ragots avant mon arrivée à Canal. De même que j'ai entendu Karl Zéro détester Gildas qui déteste Karl Zéro. Si vous aimez les week-ends tranquilles, n'emmenez pas Gaccio avec de Caunes, ils se haïssent. Y compris vous, Pierre, qui dites partout que vous n'en pouvez plus des Guignols alors que vous les assurez probablement de leur pérennité. Tout cela n'est pas désespérément violent et ne provoque même plus aucun scandale. Simplement les mots habituels d'un petit monde que l'on retrouve partout et qui affiche une vacherie de pacotille derrière un paravent qui ne dissimule rien. Le vide. Or, les gens, vos fameux abonnés pour qui j'ai été si content de travailler, ils croient depuis plus de dix ans que ce vide est un plein. Ils croient à votre ambition de faire une télévision différente.

Enfin, ils y croyaient. Je me souviens, Perec oblige, de l'énervement que provoquait chez de Greef la petite phrase d'introduction d'Ariel et Albert : « La chaîne du foot et du porno. » Oui, il y a de la philo à vingt heures trente et des documentaires passionnants, mais c'est d'abord la chaîne du foot et du porno. Les murs de Paris sont remplis d'Anelka et Zidane, promus ambassadeurs du crypté.

En dix ans vous avez assimilé toutes les recettes de la télé commerciale. Du foot pour l'abonné, du foot, d'abord du foot. Passent sur l'antenne d'autres images, des images remarquables, intelligentes et parfaitement produites, mais qui aujourd'hui ne sont plus le cœur du programme. Elles servent d'alibi, de prétexte.

Reste aussi la question du nouveau public que vous recherchez : l'ado. Celui qui fait la fortune de Gap. Comment allez-vous l'amalgamer avec ceux qui vous ont aimés au départ ? Tout a changé. Nous sommes à l'opposé des années 60. L'ado aujourd'hui n'est frustré que par la consommation qui se dérobe devant lui. La conscience politique est faible. Ils veulent consommer. Ils sont la consommation. Le « jeune » aujourd'hui est le plus aliéné des aliénés de la société marchande. La jeunesse comme rébellion est une attitude que le punk a clôturée. Depuis, on se soigne aux souvenirs. Les banlieues sont entièrement drapées de Nike et d'Adidas. Les textes qui en sortent sont parfois extrêmement talentueux, mais il faut avoir assisté à des concerts pour bien comprendre que si la colère dévore la salle, dès que les lumières s'éteignent, les fans redeviennent des amateurs de McDonald's. C'est une rébellion comportementale, sinon il y a longtemps que les Champs-Elysées auraient été massacrés, à l'image de ce que sont devenus certains ghettos américains. Là encore, on fonctionne dans l'imitation. Et ils n'ont pas tort car sinon, pour les beurs de la deuxième ou de la troisième génération, la « clarté française » de la langue aurait été une prison. A coups de « Mercos » et d'IAM, ils ont réinventé un monde de textes, de musiques et de poésie... qui n'est plus simplement valable pour le 93 mais qui s'est emparé de tous les gens de leur âge. Ce sont les Arabes qui ont fécondé les petits Blancs ! Tant mieux.

Bien sûr que Durand délire totalement quand il croit qu'il réfléchit ! En quarante-sept ans je suis passé de l'avenue Bosquet au boulevard Lannes. Du VIIe au VIIIe arrondissement. A travers moi et ceux qui me ressemblent, Pierre Bourdieu a raison de souligner le grotesque de ces deux kilomètres d'aventure à vol d'oiseau. Au moins aurai-je eu la lucidité de ne jamais croire à mes mensonges. Permettez-moi de vous dire qu'à une ou deux exceptions près, Canal Plus et TF1 distillent exactement la même chose : de l'image électronique, de l'électroménager avec visage. Dans un cas l'Etat a concédé (Canal Plus), dans l'autre (TF1), il a vendu et concédé. Mais à travers les bouquets satellite ils sont obligés d'avouer qu'ils se ressemblent. Et la meilleure preuve de cette ressemblance c'est qu'ils sont devenus concurrents, ce qui n'était pas le cas il y a dix ans.

En écrivant, la radio m'accompagne. J'écoute des psaumes contemporains.

« Je parle d' pauv' mecs perdus / T'es sûr de rien là où j' vis / C' que nous vivons, c'est pas une vie / L'abstraction d'moi, c'est dur à la fin du mois / Ici ou ailleurs y a pas d'saisons. »

Le fond sonore de la télévision est encore plus lointain. Qu' y a-t-il sur l'écran ? Du foot. Qu'est-ce que l'on entend ? Les rires et les larmes du stade et le « très beau travail de Tony Vairelles ! » qui jaillit de la bouche des commentateurs. J'aimerais simplement vous signaler avant d'aller me coucher qu'il n'y a pas que Tony Vairelles qui travaille.

2 août.

Passons du crampon à la bite. De la bite à la viande. Et à la rentrée littéraire qui s'annonce plus d'un mois à l'avance dans les magazines : trois cents titres, peut-être quatre cents !

Je ne sais pas pourquoi, la névrose du grandiose me touche.

David Lean, Proust, *Guerre et Paix,* Abel Gance, Eisenstein, et tant d'autres. J'aime la foule, les personnages qui vous échappent. A part Bergman, je suis assez allergique au côté : « Elle pleure dans le salon, sa sœur jouit dans la cuisine. » Le chiant prétentieux me fait horreur. Or, voici qu'on nous annonce un septembre des mots qui tiendrait de la boucherie ! Oserai-je mentionner que cette nouveauté est une éternité : le corps. Qui n'a pas vu au Musée de Bruges les Ecorchés du Flamand Van Eyck ! Les tortures de Jérôme Bosch au Prado, à Madrid. Et plus récemment, Francis Bacon tournant autour de la cuisse et du visage de George Dyer, son amant, figé et tourmenté sur une chaise de peinture. Pas très loin d'un pape, donc pas très loin de la culture chrétienne. Je vous épargne les récits d'épidémies gratinées des médiévistes : la peste, le choléra, les villages emportés, la lèpre qui défigure...

La maladie nous rapproche toujours du sexe. Comme le sida a engendré les phrases de Virginie Despentes et celles de Guillaume Dustan pour *Nicolas Pages*. Allez savoir pourquoi, mais malgré le plaisir pris à la lecture, je me méfie de plus en plus du « nouveau ». Après tout, il y a déjà dix ans, juste avant la guerre du Golfe, l'artiste grec de l'Arte Povera, Jannis Kounellis, exposait des quartiers de bidoche sur des plaques en acier. De l'autre côté de l'Atlantique, Cindy Shermann se collait au cul des pustules en plastique pour bien marquer la présence de l'horrible maladie qui cherchait à anéantir sa ville : New York.

Avant le bifteck, et c'est assez logique, la mode était à la violence. Il faut bien frapper avant de découper.

Je n'en suis pas capable vraiment. Mais n'est-il pas indubitable que l'œuvre, promise à l'éternité, a pour principale caractéristique d'échapper à ce que font les autres. Ce n'est pas forcément vrai si l'on pense à Picasso et Braque pratiquant le cubisme ensemble, mais ce n'est pas forcément faux non plus, car à cause de nous les médias, la presse, tout le monde a un petit frisson en même temps. Une souffrance, une émotion ou un rire planétaire. Dans le Dustan que j'apprécie, il y a du godemiché comme chez Dorothy Allison mais cette histoire d'amour est-elle aussi belle que le *Notre-Dame-des-Fleurs* de Genet ? Je ne pourrai jamais m'empêcher de me poser cette question. C'est le travers des amateurs d'art et des cultures occidentales que de vouloir être immédiatement embrasés par du neuf. En un coup d'œil avec Malevitch, on se rend compte qu'une page est tournée et que le monde ne sera plus jamais le même après la révolution russe qui sous-tend chacun de ses carrés noirs sur fond blanc.

Mais combien de fois, dans une vie d'amoureux de la culture, perçoit-on cette profonde originalité ? Combien de livres ont marqué le XXe siècle : la *Recherche* de Proust, l'*Ulysse* de Joyce, Beckett, *Voyage au bout de la nuit* de Céline, Borges, Nabokov, Hemingway, Kafka, et tant d'autres. Mais au bout du compte peut-on aboutir à plus de cent livres importants, radicalement nouveaux ?

De quelle nature est cette illusion du « nouveau » et du plaisir qu'on y prend ? Je sais qu'il y a un côté facho à ne s'intéresser qu'à l'exceptionnel et à ne pas vouloir que la littérature entre chez Carrefour... Mais avouez qu'il y a aussi un côté lassant à gober toutes les nazeries qui sortent et à les accueillir comme des fleurs essentielles pour une âme qui veut se parfumer de spiritualité pour lutter contre la vie quotidienne. Si c'est banal, ça tient de la drogue (et pourquoi pas !) mais nous ne sommes pas dans la culture. On y revient, nous sommes dans la consommation. C'est pourquoi un grand lecteur ou un grand collectionneur sont toujours passionnants. L'exemple qui me vient immédiatement à l'esprit c'est André Breton qui fut à la fois le secrétaire de Proust, le conseiller des grandes collections de son temps, l'auteur des *Champs magnétiques*. Puis une sorte de pape. En tout cas du surréalisme.

Mais même lui s'est trompé. Et il n'était pas d'un commerce agréable. Alors Durand, Michaux, Canal Plus, Bernard Pivot, *Le Monde des Livres* ou *Libération*, en quoi sommes-nous fondés à ajouter un chapitre sérieux à la critique ?

Dévorons *Nadja* !

> Toute la mer et tout le ciel pour une seule victoire d'enfance.
>
> André Breton.

La Baule, 3 août.

Pour cause de santé mentale, Belle-Ile-en-Mer m'est interdite. Vingt-cinq ans de volets bleus, d'ardoise et de ciel immense, de fenouil sous le bar, de nuages plombés qui tournent à la blancheur lorsque surgit un soleil d'or. Je prends volontairement le ton « rédaction de terminale » car des tonnes de flotte abreuvent les terres de Guérande. Il pleut lorsque mes quatre roues s'immobilisent devant l'hôtel Royal à La Baule. Impassible et compassé, le jeune chasseur rouge et noir empoigne mes rares bagages comme un trésor parfumé : sac Nike sans forme, et pompes de sport avachies.

J'aime le jardin méditerranéen de Saint-Florent, la Corse à Patmos la Grecque. Mais l'enfance et les vagues ont construit un garçon de l'Atlantique, des océans. Dudu n'est pas pompeux, il raffole du sel qui poisse et de l'acidité des blancs qui remplissent les bouteilles de gros-plant et de muscadet.

« D'être parmi l'écume inconnue et les cieux. »

Le café de l'aube qui se noie dans la jeune barbe et la nostalgie du ciré huileux et rigide. Le goût inouï, qui incendie l'âme, des poèmes éternels et flottants, délicats à la surface, dagues qui prennent la chair. *Oceano nox.*

« Le corps se perd dans l'eau, le nom dans la mémoire.
Le temps, qui sur toute ombre en verse une pluie noire,
Sur le sombre océan, jette le sombre oubli... »

De l'Irlande à Biarritz, des Landes au Portugal jusqu'au Cap de Bonne-Espérance, les océans que j'ai fréquentés ne miment pas la tragédie comme le ferait une veuve corse. Le cimetière n'est pas un théâtre pour les lugubres histoires des flots. A Cancale et à Douarnenez, on ne joue pas. A La Baule, si !

Nous ne sommes donc pas en Bretagne mais dans cet entre-deux aimable où de jeunes enfants blonds et catholiques n'ont pas encore la branlette en tête... Il n'y a pas de corbeau noir sur les pelouses vertes des hôtels. On a toujours l'impression d'être en cure même si l'on déjeune sept fois par jour. Le goût de la langoustine y est une illusion d'Ouest violent. Immense plage où l'on ne perd jamais pied bordée par une architecture immonde qui mériterait la destruction. Merci Baron Guichard ! Au loin, la Loire est au seuil d'un phare solitaire et d'un îlot percé. Il pleut dans les rues. Il crachine dans les boutiques. Ironique, le chasseur qui m'accompagne jusqu'à la réception siffle doucettement la phrase qui tue :

— En juillet le temps était sublime...

Après cinq cents kilomètres je lui aurais bien collé une baffe mais la phrase se perd et le groom s'évanouit. Me voici face à la réceptionniste, une rustaude enjouée nourrie aux crêpes, à l'œuf et au fromage. Voire, suivant les coutumes locales, aux trois en même temps.

— Quel plaisir de vous avoir, monsieur Durand, j'adore Canal Plus. C'est super-sympa !

Visiblement la crêpière fournisseuse de clés carbure au super mais boude la presse quotidienne. Elle ne sait pas et elle s'en fout. Elle professe une sagesse de marchande de thalasso. L'algue, dernier rempart contre le stress.

C'est la vague qui a fait du petit Guillaume un garçon risqué, chalutier de tempêtes, essais et échecs houleux. La lame de Lanco, certes, mais surtout l'écume crachant sur les rochers. J'étais, dixit la famille, « doux et gourmand », avec un certain goût pour la chute. Plaqué à terre par un mur d'eau.

« Bientôt des yeux de tous, votre ombre est disparue. »

Je lutte, docteur, je lutte. Ce léger vague à l'âme ne m'empêche pas de pénétrer dans un ascenseur étroit qui me projette à l'étage de ma chambre. Sans être, pour ce qui concerne le sommeil, un maniaque des couleurs et des formes, autant vous le dire tout de suite, ladite chambre est d'une beauté extrêmement contestable. Le plus efficace reste d'enfiler un short pour un retour vers l'ascenseur qui va se charger de délivrer mon corps sublime vers le hall d'entrée puis vers les flots.

Au rez-de-chaussée je prends contact visuellement avec une cohorte de moribonds en blanc qui viennent de se faire tartiner la tronche avec des algues qui puent dans une atmosphère plus humide et chaude que le Tonkin.

I dream! Au milieu des Russes qui paient cash et des Français qui demandent deux versements, j'entr'aperçois : les Tiberi, seuls, échappant au contact des autres, emmitouflés de bonheur et la rosée aux pieds. Comme je suis un lâche je fais immédiatement semblant d'admirer une fausse sculpture africaine qui traîne derrière un guéridon hideux. Non, ils ne m'ont pas vu. Visiblement ils sortent avec les nuages et lorsque l'averse est dense, pour ne pas rencontrer les autres. Personne ne leur parle mis à part les fameux Russes joufflus entièrement habillés par Versace. Les compatriotes d'Eltsine ne connaissent pas l'existence des Tiberi, perdus et impassibles dans ce ballet de peignoirs qui exhale un parfum de décès. Caché derrière mon guéridon, je les observe, eux parmi les autres qui se taisent sur leur passage mais n'ignorent rien d'un certain rapport sur la francophonie à plus de deux cent mille. Nous sommes entre la piscine et l'hôtel...

Un pied-noir avec cinq portables affole en même temps Saint Trop', Deauville et Miami. C'est le genre qui hurle en croyant susurrer : « Y a Durand et les Tiberi à la piscine ! Sur ta mère ! Dans *Le Parisien*, ils disent qu'elle va aller en taule ! Putain, elle a un cul comme une malle arabe ! »

Moi, sous le choc verbal j'empapaoute l'Africaine sculptée qui termine sa course dans une assiette de sucreries et je me prends un baba au rhum en pleine poire. Le sourire est immédiat du naze qui dérange les joueurs de cartes et qui en plus travaille à la télé. J'entame une retraite nécessaire sous le regard réprobateur d'une bonne dizaine de curistes avec sac en plastique.

Impassibles, le maire et son épouse casquette à visière levée, lâchent le transat pour la chambre. A part quatre coureurs cyclistes sur les routes de Pologne, ils sont les seuls au monde à porter le « bitos » de cette manière. Lui, élégant comme Bernard Thevenet, a le portable vissé à l'oreille. Elle, tient à la main la couverture chair d'un roman Gallimard. Ils sont blancs. Blanc-gris pour lui. Olivâtre pour elle. Je ne suis pas dans la calomnie mais dans la vision. Un garde du corps chaleureux, bienveillant dans la tourmente, veille sur ce couple qui prend des vacances enfermé. Aux rares personnes qui les saluent, ils découvrent les dents de leur bonheur crispé. Elle donne l'image d'un certain courage lorsqu'on la voit de près. On sent qu'elle peut distribuer des coups à ceux qui oseraient toucher à son Jeannot. On sent qu'ils vont trinquer pour tous les autres.

A moins qu'ils les fassent chanter...

25 septembre.

Des semaines sans le moindre mot. Probablement le retour de la douceur et d'une vie presque normale, c'est-à-dire sans agressivité. Retrouver la rédaction d'Europe 1 fait ma joie. Je suis installé dans le bureau qui fut la salle de conférences de mes débuts.

J'ai vraiment fait mes valises. Je ne suis plus dans l'histoire, je la regarde. Amertume « zéro ».

Un soir de juin, que je vous ai épargné, l'ascenseur m'amène vers le premier sous-sol des parkings... Je suis repassé chercher deux ou trois livres qui me tenaient à cœur et, ne voulant pas croiser mes chers amis, j'ai préféré attendre l'extinction des feux. Je n'attendais rien dans cette immense dalle de béton soutenue par des piliers. Puis une porte claqua. Une silhouette en colère... La résonance caractéristique du martèlement des pas. Charles Biétry comme un taureau qui empoigne sa Clio de fonction pour aller la garer rageusement devant l'Audi de Pierre Lescure obstruant toute tentative de sortie du box avec freins bloqués, alarme. Comment des gens qui se sont tellement aimés ont pu en arriver là ? Je me suis éclipsé, triste.

Quelques semaines après, Charles me confiera que ce fut le seul moyen qui lui permit d'ouvrir les négociations de son départ après qu'on lui eut supprimé bureau et parking. Pour le reste, il ne dira rien.

Cette hyper-violence du comportement me rappelle les falaises de Ramonette et la peur bleue. Malgré l'agression de l'enfance, il ne fut pas question d'abandonner les traditionnelles vacances d'été à Belle-Ile. De nouveaux sentiments devaient se charger de cicatriser les plus anciens. Il y avait une blonde à l'entrée de port de Sauzon qui me délia la langue et presque le reste avec l'habileté d'Houdini. Des nuits dans les landes à bander comme un Turc... Quinze, seize ans, les voitures qu'on conduit sans permis pour aller en cachette danser au « Risque-tout » qui était la seule boîte de l'île au milieu des années 60. Quand on avait la chance d'éviter Alain Barrière, le *Wild Thing* des Troggs donnait un sens aux cures de cidre et à cette mixture dégueulasse d'époque : le whisky-coca, à la fois l'ulcère, le cholestérol et le « burp » nauséeux qui vous échappe mais pas à la nana que vous serrez de près grâce à Procol Harum et la voix de Gary Brooker.

Il y eut une nuit gratinée. Les enfants de Parisiens guinchaient. Soudain, une horde de marins-pêcheurs bourrés comme des marmites et armés de parasols de l'extérieur envahit la piste. Le jeu était simple, et d'essence degreefienne puisqu'il consistait à reproduire les élites ! Tous les mecs avaient des tronches de guitaristes de hard rock à front bas. Nous fûmes collés, assis sur les sièges, contre les murs avec nos minettes. Sur ce, « les révoltés du Bounty » baissèrent leur froc, toujours en nous menaçant avec les parasols. Ce n'était pas encore du Pina Bausch mais ça imprimait sec sur *Tous les garçons et les filles de mon âge.* Deux ou trois mastodontes équipés de slips Petit-Bateau blanchâtres secouèrent intensément leurs couilles sous le nez des rares jeunes filles du lieu. Le premier qui osait brandir l'étendard de la révolte était immédiatement balancé du haut d'une petite falaise sur une plage en contrebas. A tous points de vue ce fut pour moi la grande nuit de la fracture sociale. Plusieurs de mes potes y laissèrent un tibia, une omoplate... Moi, je n'étais pas au mieux, car ma blonde était au bord du vomissement alors qu'une demi-heure plus tôt nous étions dans la sucette à la menthe... Le patron du bar était comme il se doit planqué sous son bar quand la castagne devint générale. Les filles passaient en vol plané à un mètre du sol comme des poupées désarticulées. Votre serviteur, le camarade Durand, commençait à ressembler douloureusement à un portrait de Dora Maar. Impossible de localiser avec précision ce qui d'habitude me servait d'yeux, de nez et d'oreilles. Quelques copains tendance rugby-Bud-Spencer s'en donnaient à cœur joie avec les Bretons... Les baffes-Kenavo pleuvaient ! Le tabouret de bal se transforma rapidement en massue pour contrer l'offensive des druides. Le matin, car il y eut un matin, les armées se séparèrent, ramassant leurs blessés. Comme souvent, l'équipe qui recevait menait à la marque. Nous étions salement amochés et les filles, fermement décidées à reporter à plus tard l'acte sexuel ! Bien évidemment, les gendarmes finirent, grâce aux performances déjà inouïes de Citroën, par nous rejoindre sur le champ de bataille. Personne ne fut vraiment embarqué car il n'y avait pas de place. Je puais la vinasse et possédais dorénavant une fort jolie collection d'hématomes. Les Vikings avaient un chef spirituel : le fils d'Auguste Morel.

Plus tard, je compris. Son père travailla une partie de sa vie pour traduire l'*Ulysse* de Joyce. Ce boulot de forçat terminé, il eut la désagréable impression qu'on le dépossédait de ses efforts au profit de Valery Larbaud. Histoire d'un combat sublime puisque Auguste Morel se battit et se débattit contre le Paris littéraire pour obtenir gain de cause.

Il fallut des années de procédure pour que son nom apparaisse définitivement au titre de traducteur de ce chef-d'œuvre absolu. Mais le dégoût des hommes l'avait détruit. La légende prétend qu'il partit pour Belle-Ile avant la guerre avec sa famille, refusant d'inscrire ses enfants à l'école. Les Morel devinrent des bohémiens enfermés. Cet intellectuel donna naissance à un fils que le climat transforma en marin. Un sommet de raffinement vexé accoucha d'une brute.

Au fond, le chef des Vikings cultivait la gerbe bourgeoise, la haine au ventre. Mais pour aboutir à quoi ? Une petite barbarie de falaise. Cette histoire n'a aucun sens profond. Elle n'est la métaphore de rien. Mais c'est certainement parce que je me suis fait défoncer la gueule au « Risque-tout » que je me suis plongé avec délice au cœur d'Ulysse, le Celte.

Vieil océan, les différentes espèces de poissons que tu nourris n'ont pas juré fraternité entre elles.

Lautréamont.

1er octobre.

Pourquoi ces mots puisqu'il n'y a que des coups à prendre ? Probablement parce que l'inévitable jaillit au cœur de ma vie. Je n'ai jamais été et je ne suis pas « un enfant de la télé ». Tout ce baratin et ces commentaires sur l'image sont vides de sens. Je suis un enfant de la bourgeoisie, voilà la réalité. De même que l'image, quand elle n'a pas de valeur artistique et personnelle, n'est qu'un bizness. Le capitalisme s'est emparé du petit écran comme une gigantesque mâchoire qui sortirait de la mer pour happer un surfeur. Sommes-nous vraiment dans la société du spectacle... Peut-être... J'ai plutôt l'impression que nous sommes au cœur d'une machinerie vivace et vorace comme une plante carnivore. La télé de la fin du XXe siècle c'est l'automobile du début. Et elle ne change pas grand-chose au mouvement de l'histoire contrairement à ce qu'écrivent les fils ratés de Guy Debord. Les exemples sont légion, Mitterrand a été élu malgré des tonnes de giscardiens dans les couloirs de l'ORTF. La chute du Mur de Berlin ne doit rien à CNN. Et Saddam Hussein est encore là. On a tellement glosé sur l'image que la réflexion sur l'histoire s'est diluée.

Bien sûr des réputations ont été montées comme des chantillys face aux caméras. Elles tournent comme la chantilly. Quelle importance au regard du siècle qu'un écrivain passe ou ne passe pas chez Bernard Pivot. Son texte est là et s'il a une résonance poétique et historique dans le monde des bibliothèques, il restera. La mondanité est trafiquée, pas le tragique. D'ailleurs les hurleurs ou les pisseurs de copie professionnels sont en général des gens qui font la queue en attendant leur tour. Les autres, d'Ezra Pound à Bob Dylan, s'en contrefoutent.

Comprenez-moi, le petit prof des années 70 a très rapidement su que son talent n'était en rien comparable à celui des artistes qui vivaient autour de la famille. Petit gars cherchant destin ! Or, la lucidité ne fut pas la caractéristique essentielle de ma génération. Nous nous sommes abîmé le cœur, le corps et l'esprit dans toutes les illusions de l'époque : le rock'n roll à fond la caisse, l'assimilation de n'importe quel guitariste à Rimbaud et puis cette détestable manière de vouloir être tous pareils, ensemble, avec les mêmes fringues. Ce sentiment atroce que je retrouve aujourd'hui chez les tondus à col en V qui proclament leur différence. Ah ! Pour ce qui est d'être différents de Rimbaud, nous le sommes ! Des milliers de crétins qui se la jouent « arty ». Cette intense mise en scène de la médiocrité. Rien à dire, pas d'œuvre mais un vaste ensemble de maigrichons asthmatiques qui sont tellement contents d'avoir échappé à la BNP, à la vraie souffrance de l'exclusion et à la vie à la campagne qu'ils sont persuadés que le tout ripoliné par les fringues et Formentera va leur construire une vie. Qui a dit que respirer suffisait pour vivre ? Maintenant, même les chaussures respirent avec des semelles à trous ! Je n'évoque même pas l'hypothèse d'une génération sans talent, et pourtant s'est-il vraiment passé quelque chose de majeur depuis Hendrix et Rauschenberg... S'interroger n'est pas une attitude de gâteux. C'est une affaire de lucidité. Et il y a des précédents. Si la génération de Musset, Victor Hugo, Delacroix et Mérimée fut grandiose, il faudra attendre trente ans pour avoir un Flaubert. Il ne suffit pas de respirer pour vivre ni de naître pour exister. Comme l'a écrit assez judicieusement Gilles Lipovetsky au tout début des années 80, nous sommes dans l'ère du Vide. Je le dis d'autant plus facilement que je n'appartiens pas à une génération qui a fait grand-chose, d'où son extrême agitation.

Et je peux d'autant plus l'écrire que je suis tombé dans tous ces panneaux que j'aimerais éviter à mes enfants car sinon ils vont se faire bouffer par ceux qui sortent presque nus de la terre et qui auront raison d'écraser sous leurs pieds ces petits-bourgeois européens décadents et désabusés. De l'idéal, ma fille Juliette, je t'en supplie, de l'idéal ! De la culture, du travail, des vraies envies. Du sexe, peut-être des pétards, des rêves de grandeur, des chutes vertigineuses mais si possible vraiment voulues et assumées, seule. Pas ce panurgisme ambiant. Moi, je peux te l'écrire aujourd'hui : je me suis trompé. Avec la lucidité de mes modestes moyens, j'ai d'abord cru à l'enseignement.

Puisque j'avais eu la chance de faire de relativement bonnes études en sortant d'un milieu sans problèmes, je me devais de tendre la main... Ce fut ma première désillusion. J'étais prof. Comment oublier ce Libanais chrétien qui débarqua dans mon lycée parfumé de violence ? Nous évoquions la terreur révolutionnaire. L'attention était soutenue et se brisa en quelques secondes lorsqu'il m'apostropha avec cet accent inimitable où les « r » sont roulés dans une odeur de pistaches et d'amandes.

— Votre Hébert, vos guillotines, monsieur Durand, ce n'est rien ! Les Palestiniens ont envoyé leurs plus belles filles pour nous draguer puis nous poignarder au coin d'une rue. La moitié de mes cousins sont morts comme ça. Après, nous avons chopé les filles, nous leur avons mis des bouteilles de coca vides dans le vagin juste avant de leur piétiner le ventre pour qu'elles meurent et qu'elles souffrent...

Ce jour-là je ne suis pas parti mais j'ai compris qu'il fallait que je fasse mes valises. Seul face à trente-cinq personnes, je ne pouvais rien. Et en plus, comme tous les enseignants de base, je n'étais rien. Mal payé, pas la moindre considération sociale... Des gosses qui vous filent des coups d'épaules, passionnés par leurs problèmes de mobylette. Des parents qui vous envoient des boîtes de pâté pour tenter d'amadouer un carnet de notes qu'ils redoutent. Je suis lâche, j'ai abandonné. Par manque de conviction, par manque de force. A chaque fois qu'un prof prend une beigne, l'Etat devrait porter plainte comme si la gifle était distribuée à l'Assemblée nationale ou au fronton du ministère de l'Education.

Restaient deux illusions viables : la gauche et la télévision commerciale. Les législatives perdues en 78 ? Je me souviens encore du fauteuil en cuir de Ralph, le père de ma petite amie de l'époque. Freddy, elle, je l'ai peu revue. Après un accident de ski, elle a incorporé le Palace à tous les étages pour faire une partie de sa vie avec Leslie Winner, jeune mannequin déjantée qui maintenant fait de la musique après avoir été une compagne de Jean-Michel Basquiat. Freddy montera une agence de mannequins, dirigée en famille, y compris le fameux Ralph. Et que lui souhaiter d'autre que du bonheur ? J'aurais adoré combler mes déceptions sentimentales par un bon militantisme trotskiste. Tous mes copains naviguaient entre Révolution, la Ligue et autres Lutte Ouvrière. Peut-être n'avais-je pas, déjà, le profil du croyant béat.

Christine, c'est de ta faute ! Rousse et ravissante comme Maureen O'Hara, tu venais de Nantes et nous vivions rue du Cardinal-Lemoine dans une soupente qui me paraissait à l'époque hors de prix : cinq cents francs par mois ! Le soir, épuisé de plaisir par la lecture du *Nouvel Observateur* et par un rapide passage à Censier, j'achetais des yaourts puisqu'il y aurait forcément des nouilles.

Comment oublier, après l'interminable escalier en bois grinçant, cet accueil d'un soir où je t'ai, au sens littéral du terme, découverte avec tes copines les Gouines Rouges. Quelle époque de loufdingues ! Toi, la délicatesse même, à part cet insupportable chat puant que tu m'imposais, te voilà partie vers le paradis de la révolution lesbienne. Enfin, lesbienne, si on veut, car cela ne t'a pas empêchée de gâter quelques cadres de la CFDT et surtout mon cousin Philippe que tu suças abondamment en ma présence, ce qui a probablement tué dans l'œuf le militant que j'aurais pu être. J'étais effroyablement triste mais souriant. Un peu comme lorsque je regardais les élèves de Janson-de-Sailly hurler, sur les quais, un soir de manif : *Avanti popolo, a la rescossa ! Bandera rossa triumfera !*

La bourgeoisie, quand elle a mauvaise conscience, présente un des plus jolis spectacles comiques qui soit. Des fils maoïstes, des héritières sur le divan, d'autres qui travaillent en usine. Les peintres de la galerie n'avaient pas de clients mais beaucoup d'idées. Je me souviens même d'avoir suivi de loin une manif de marchands de tableaux en colère. Il n'y a qu'Hallyday qui était déjà Hallyday. D'ailleurs n'allez pas chercher plus loin le sens profond de cette amitié qui fait sourire. Au moins, lui n'est pas né comme moi dans les quartiers de l'Ouest. Mes voisins de maternité m'emmerdent et plus leur prétention est culturelle, plus ils m'emmerdent. Ce n'est pas une mauvaise conscience de classe mais l'envie, marquée très tôt, de vivre une aventure. D'échapper au prévisible. En travaillant, par exemple, pour Hersant et Berlusconi après dix années passées à Europe 1, j'étais certain de bouleverser mon environnement. Comment peut-il, comment ose-t-il ! Michel Field a connu les mêmes déboires avec ses camarades agrégés et philosophes qui l'ont découvert un soir chez Dechavanne alors qu'ils le croyaient à jamais chez Gilles Deleuze. La France est cet appartement qui accorde une pièce par classe sociale et dont on ne sort plus. Jamais.

Günter Grass, le récent prix Nobel de littérature, a douloureusement vécu notre arrogance, notre étroitesse. Il écrivait *Le Tambour* près de la Place d'Italie, cherchant à prendre contact avec les éditeurs. Les portes se sont fermées devant sa moustache. Nos amis les Parisiens lui ont bien fait comprendre qu'il était un plouc de Dantzig. Un poète lui a ouvert la porte, un seul : Paul Celan. Vous ne le connaissez pas, ou si peu.

Dieu vomit les tièdes.

Ray Charles.

27 novembre.

On ne peut pas se contenter de dire, de lâcher des phrases au « petit bonheur la chance », il y a un moment où il faut écrire malgré l'appréhension. Ça va vous paraître bizarre mais je n'ai jamais eu l'intention de régler des comptes avec Canal Plus qui regroupe plus de quatre mille personnes et des dizaines de métiers différents. La question est de savoir si un homme seul, à l'époque des grands groupes multimédias, a le droit de dire sa part de vérité au risque d'être broyé...

Car en plus, il faudrait se taire ! Alors qu'eux tirent sur tout le monde, comme s'ils avaient hérité cette mission d'une Olympe vengeresse. Canal serait le Beretta des dieux... Baudelaire adorait le caricaturiste Honoré Daumier qu'une récente exposition à Paris vient de rappeler à notre bon souvenir. Avocats, théâtreux, arrivistes, peuple gouailleur, il dessina tous les personnages d'une comédie humaine qui hissa la caricature au rang d'art moderne. Il fut l'un des initiateurs de la république de 48, mais celle-ci s'empressa de l'oublier comme polémiste et de ne jamais le reconnaître comme peintre. En 1878, un an avant sa mort, presque aveugle, on finit par lui rendre hommage. C'est le charme français que d'accorder un César pour l'ensemble de son œuvre à un type qui va mourir, à un type qui vient de mourir ou à un Américain de trente ans ! Vaste foutaise et monument d'inhumanité. Au moins, Daumier fut-il avec d'autres, le combattant de la république contre la monarchie qui avait d'ailleurs ses propres caricaturistes... De même que *L'Assiette au Beurre* et les pamphlets qui marquèrent le début du XXe siècle ne se privèrent pas de défendre des positions politiques après la violente bataille d'idées et d'engagements que fut l'affaire Dreyfus. Mais aujourd'hui, les Guignols travaillent pour qui, si ce n'est pour leur propre gloire et une idéologie confuse qui n'est autre que celle de la télévision toute-puissante, incontournable. Je me souviendrai toujours de la campagne de promotion du printemps 99 : « Les Guignols terrorisent l'Elysée et Matignon. » Mais quelle monumentale mégalomanie ! Le pouvoir ne s'y trompe pas en restant silencieux. Le Guignol, c'est la télé qui s'installe partout et qui dit : « Je vous emmerde, je suis la télé, je suis une jeunesse qui va vous dévaster à mon seul profit, et tous ceux qui ne sont pas d'accord avec moi sont des vieux connards réacs. » C'est de la philosophie écrite dans un commissariat de police par Luis Fernandez que l'on torturerait à l'halogène. En attendant, ils prennent les droits d'auteur et comme me l'a finement fait remarquer Pierre Lescure que j'ai croisé un soir de remise des prix à la fondation Hachette – alors qu'un photographe immortalisait notre couple – « ce sera pour le procès ». Faut-il que tous les « nous nous sommes tant aimés » du monde se retrouvent dans les prétoires ?

Travailler à la télévision, ça veut dire être très souvent sous la pression de l'événement et de l'audience, ne pas toujours être totalement conscient de ce que l'on fait. On paie un peu de gloire au tarif de la tornade. Et les gagnants, ce sont en général les proprets qui ne dérangent personne et qui, dans de nombreux cas, sont aussi ceux qui se remplissent les poches dans la discrétion. La bonne image d'un côté, le tiroir-caisse de l'autre. Je ne prône pas le contraire mais je ne me suis jamais fait à cette hypocrisie. Je n'ai pas besoin de psychiatre ou d'analyste pour comprendre que l'argent que j'ai gagné et trop rapidement dépensé est une réponse à l'ascétisme de mes parents, mais surtout à la phobie de la « thune ». Trop vite gagné, injuste, disproportionné, comme il n'y a aucun moyen de remettre en cause un système qui vous dépasse, je l'ai fait exploser à ma manière, souvent en affichant une mine défaite, en refusant bêtement le brushing, bref en adressant comme un adolescent mal construit, un message à ceux qui me regardaient : « Oui, je suis là, mais je ne suis pas dupe. » Le moins que l'on puisse dire c'est que ce militantisme de l'attitude est d'une inutilité parfaite, voire même en ce qui me concerne d'un orgueil et d'une fatuité qui vont bien avec mes joues trop rondes et mes cernes. Il fallut trois ans de LCI pour que je redescende sur terre et franchement, quand je suis arrivé à Canal (avec une seule assistante) j'avais vraiment envie de donner la part belle à la culture au sens large du terme. Le mouvement fut initié par Philippe Gildas, et j'avais pour m'épauler avec Agnès, Albert Algoud, Ariel Wizman, Edouard Bear, Moustic, une fine équipe pour que la tradition soit maintenue. C'est le moment où il faut être honnête : je suis vraiment arrivé 2, rue des Cévennes, sans la moindre arrière-pensée et avec l'objectif de rester à ce poste deux ou trois ans, le temps qu'Alain de Greef régénère « Nulle part ailleurs ».

Une seule chose m'étonnait : le départ de tous ceux qui étaient beaucoup plus légitimes que moi à ce poste : de Caunes, Delarue, Field, voire même Charles Biétry... Ils avaient tous eu envie de faire « Nulle part ailleurs ». Je n'allais pas tarder à comprendre. Un mois après un départ d'émission plutôt réussi et plutôt bien accueilli, les coups commencèrent à pleuvoir à l'intérieur des bureaux. Ils n'étaient pas gentils les gentils ! Et comme j'ai ce souci d'honnêteté, je vais même aller plus loin. Je n'en veux strictement pas aux Guignols quoi que l'on puisse penser de leurs dérives actuelles, je ne vois pas comment un journaliste, fût-il risible en toboggan, pourrait remettre en question la fonction critique et le droit d'opinion. Mais, comme dans tous les Cluedos, il y a un coupable : un homme pas heureux, taciturne, à la voix sans timbre qui adore exporter sa souffrance pour que les autres la ressentent comme une douleur. Il n'est pas heureux de vivre, plutôt complexé mais c'est vous qui allez trinquer... C'est le flingueur qui adopte la posture de la Référence. Son petit jeu qui a consisté à ne pas donner NPA à de Caunes, Delarue et consorts pour chanter leurs louanges une fois partis, n'est que la défense de son propre pouvoir. La chaîne, c'est lui. Les Guignols, son arme. Il a dû prendre un pied extraordinaire à voir Bedos et Belkacem s'entre-déchirer... Tous les matins, il adore faire sa petite promenade dans les couloirs blancs, jetant dans chaque bureau ouvert le regard de celui qui a bâillonné son petit personnel à coups de branchitude et de CDD. Quelques relais et quelques traîtres travaillent pour lui dans la place. Comme tous les sadiques, il parle peu. Il aurait détesté, et d'ailleurs il a détesté, que de Caunes et Gildas finissent par personnifier « son » émission. Quand je suis arrivé à NPA, il a inventé un NPA 1. C'est-à-dire qu'il a fabriqué d'entrée une concurrence que d'ailleurs je ne regrette pas car Devoise et Vecchi [1] sont charmants, mais il était évident qu'en démultipliant l'émission on la banalisait.

Sa recette ? Pour NPA, il faut qu'un sang discret soit versé, celui d'une victime nécessaire au bon déroulement du show. Comme la politique est une machine à perdre, la télévision est une machine à détruire les gens qu'on met en avant.

1. Philippe Vecchi est pratiquement le seul, à part mon équipe, à être venu me saluer. Qu'il en soit remercié.

Je m'entête affreusement à adorer la liberté libre.

Arthur Rimbaud.

28 novembre.

Mes parents, revenus d'Assouan, me téléphonent, épuisés par les pyramides et envoûtés par les felouques. La lenteur et la brise infime dans des petits canyons ocre. J'ai fait la bêtise pendant un demi-siècle de chercher un père de substitution, une sorte de parrain qui canaliserait mes extravagances et qui, du métier de vivre, me ferait l'éloge. Le sourire est un apprentissage. Je suis bien obligé d'avouer qu'il m'avait presque tout dit et que je fus prévenu de tous les risques. Mais allez donc expliquer à un fils dissipé que même l'écho des paroles de son père a un intérêt.

J'étais comme Le Caire. Une ville où la poussière attend désespérément la pluie. Les agneaux déchiquetés nagent dans le fleuve. La prière est partout, copte ou musulmane. Plus loin les automitrailleuses gardent la vallée des Rois. Et plus loin encore : la Nubie.

Il y a une petite trentaine d'années, Jacques Duhamel, homme politique de son état, pourchassé dans ses moindres mouvements par une sclérose en plaques qui menaçait même ses paupières, avait, au bord d'un fauteuil, rassemblé des jeunes gens, amis de ses fils pour qu'ils l'aident à écrire un testament engagé. Ce serait une lueur dans la perspective de la mort. A ses côtés, debout, un Asiatique plus humain que nos ambitions massait ses muscles pour qu'ils survivent. Là, il était tranquille. Il nous regardait. Pour bavarder nous étions forts, très forts, d'ailleurs l'extrême gauche, les médias, le cinéma, l'édition nous ouvraient déjà des petits strapontins. La bourgeoisie identifie assez rapidement ses enfants les plus turbulents, en général les rois de la dissertation ou du baratin, pour leur accorder quelques conforts d'entrée. Il ne faudrait pas que la colère se transforme en actes ou en désespoir.

Il allait mourir mais nous ne fîmes jamais ce livre qu'il aurait tellement aimé voir sur sa table de chevet avant de s'éteindre. Lui aussi fut trahi par les amis de ses fils.

Mais c'est le regard du Philippin qui m'avertit le premier de cette défaite, qu'avec le recul, on pouvait prédire. Car, au cœur de nos phrases il n'y avait pas d'autre sujet que nous : Nous !

Jean-René adorait affronter les CRS, torse nu comme une rock star. Qui n'a pas rêvé d'éructer les mots de la petite poésie et du sexe dans le pantalon en cuir de Jim Morrison ? Pourtant timide à l'époque, je fus dépucelé par une dénommée Brigitte qui, d'un coup de reins, fit s'effondrer une bibliothèque sur le dos du pauvre mec qui rêvait d'être une sorte de Lawrence d'Arabie mâtiné de Stones. Le Philippin souriait à ces jeunes Blancs satisfaits qui ignoraient la peur.

C'est l'époque où j'ai écrit trente livres que je n'ai jamais écrits.

La jeunesse est cet état bizarre entre la beauté et la prétention qui nourrit tous les courages puis une kyrielle de mensonges puis les remords, puis la nostalgie. Presque une maladie. Se souvenir toujours qu'aux alentours de vingt ans on croit pouvoir écrire des chansons sans le moindre si bémol, sans texte et sans mélodie. Il y a les mêmes impostures aujourd'hui qui rôdent. Trente ans plus tard, David Bowie porte de jolis chandails, Brian Ferry découvre qu'il a toujours été crooner... *As time goes by... Falling in love again... My oldest regrets, Madam.*

Et Iggy Pop, la liane, le muscle, se livre aux délices de la biographie. Voix rauque mais curieusement ronde.

C'était donc ça le rock !

Une nuit récente et privilégiée au Bataclan me permit de constater, avec un Prince inouï sur scène, qu'il a raison de se faire appeler « The Artist », d'arriver en retard et d'emmerder un peu tout le monde. Tout simplement... parce qu'il fait mieux que tout le monde sur scène, avec la légèreté des musiciens noirs qui auront toujours la grandeur de reconnaître qu'ils viennent de la fanfare et du blues. Prince idolâtre Sly and the Family Stone comme Miles Davis n'a jamais renié Satchmo. Nous, les visages pâles, il faut toujours que l'on fasse croire que l'on a inventé quelque chose.

J'ai eu cette conversation il y a quelques jours, avec le grand historien marxiste britannique, Eric Hobsbawn. Son dernier livre connaît un succès critique ici, essentiellement parce qu'il a été refusé par Gallimard. Il aime le long XIXe siècle qui s'étire de la Révolution française jusqu'à la fin de la guerre de 14. Le XXe est une boucherie. C'est amusant de voir cet homme de soixante-dix-huit ans qui fut avec Burgess, MacLean, Philby et Antony Blunt, un dandy d'extrême gauche éminemment cultivé. Je lui parle des Stones. Il me raconte le Front populaire à Paris en 36. Lui n'a jamais espionné. Mais, de la même manière qu'Antony Blunt classe les Poussin de la Reine après avoir correspondu avec le KGB, Hobsbawn promène son visage étroit, sa mèche juvénile et son immense recul pour me lâcher sa gentille vacherie british :

— Les Stones, c'est du B.B. King pour jeunes filles. Et pourtant (accent inimitable), il y avait un excellent blues chez nous, après la guerre. Vous vous souvenez d'Alexis Corner et de John Mayall ? Moi, ce que j'aime ce sont les grands orchestres noirs d'avant-guerre...

J'ai passé des années à la Sorbonne. Et là, je me trouve devant l'équivalent de Fernand Braudel, de Marc Bloch ou de Georges Duby et on cause « electricity », « vibrations ». Tu parles, grand oncle Eric, que je me souviens ! Le Blues Syndicate de 61, les Bluesbreakers qui virent débuter, tenez-vous bien, John Mac Vie (basse qui rejoindra comme Peter Green Fleetwood Mac). Sans oublier Roger Dean, Eric Clapton, Mick Taylor (futur Rolling Stones), Jon Mark (futur Mark and Almond), Larry Taylor (ex-Canned Heat avec Harvey Mandel) mais le beau Larry participa aussi aux Mothers of Invention. Et puis, parmi cent autres : Jack Bruce (futur Cream avec Clapton), Rick Grech (futur Blind Face), John Hiseman et Aynsley Dunbar. Et des disques enregistrés avec Paul Butterfield, Jimmy Page (Led Zep), Steve Winwood, Buddy Guy, le saxophoniste ténor Ernie Watts.

The Turning Point et *Blues from Laurel Canyon.* Deux albums magnifiques.

En écrivant *Uncommun people*[1] Eric Hobsbawn rend hommage à ceux qu'il a toujours aimés : les gens simples qui n'ont rien de commun. La géniale école des Annales française a, elle aussi, sanctifié les modestes et l'engagement personnel. Marc Bloch fut fusillé par les Allemands. Et puis cette revue magnifique (les *Annales*), blanche, épaisse, avec un sommaire sur la couverture en caractères noirs et rouges. Je « bouffais » littéralement ses articles touffus en écoutant le « Pop Club » de José Arthur la nuit, sur France Inter, en préparant mes examens. Ce fut ma vraie naissance.

Doit-on toujours, ici, compartimenter les passions ? Je me souviendrai longtemps d'un de mes rédacteurs en chef à Europe 1 qui, compte tenu du décalage horaire, raconta en une petite brève l'assassinat de John Lennon un matin (pour nous Français) de 1980. Il y eut vingt minutes de journal mais déjà régnait dans les rédactions dites sérieuses cette haine du show-biz, ce mépris. J'aurais baffé ma radio que j'aimais tant... Trois images de John Lennon interprétant *Imagine* à son piano

1. Pas encore paru en France.

blanc peuvent encore aujourd'hui me faire sombrer dans une tristesse infinie...

Je ne parle même pas de la peinture. A la fin des années 80, les journaux les plus vertueux étaient tartinés des couleurs du graffitisme et de l'art post-moderne. Depuis dix ans, les héros de cette période passionnante passent pour des mondains. Et puis, il y a deux, trois jours, des Picasso flambent aux enchères et Jeff Koons, l'empereur du kitsch en porcelaine, atteint un million de dollars et redevient un artiste ! Il n'y a jamais eu d'Art pour l'Art, les commentaires s'intéressent surtout à l'Art pour l'Or...

— Dis-moi, Guillaume, tu pourrais me redonner le numéro de téléphone de Combas ?

Va te faire foutre, mon gars ! Vous lui avez suffisamment gâché la vie en ne lui parlant que de ventes publiques. C'est vraiment gonflé de demander de ses nouvelles tous les dix ans à cause de ce sale papier qui vous fascine : l'argent.

(...) Comme une insurrection de l'âme...

Saint-John Perse.

7 décembre 1999.

Je suis sur le périph, le Goodyear dans le ruissellement. J'ai gardé un côté garçon. Il n'y a personne. J'accélère. Histoire simplement d'imaginer l'entrée des Formule 1 sous le tunnel de Monte-Carlo. Un dîner m'attend, je suis en retard.

Aurélia adore le rouge. Et, bien que catholique pratiquante, elle raffole des bites. Sa copine, Aimée, est depuis quatre ans en psycho. Son aspect général, moche comme une Infante, n'aurait pas déplu à Vélasquez. Elle jappe, le nez tordu avec goût.

C'est bizarre, il y a des soirées, la porte est à peine franchie que l'on se sent traversé par l'envie oppressante de saisir le premier appareil téléphonique et de composer le 18 ! Je suis là depuis cinq minutes que mon cerveau enfiévré imagine toutes les crises de tétanie possibles qui me permettraient d'évacuer cette charmante réunion où se retrouvent en gloussant quelques vieux satyres stratèges prêts à capturer de jeunes JMJ tendance jarretelles.

Au début, je ne peux rien faire si ce n'est tomber dans les bras du maître de maison et m'effondrer au creux de son épaule pour éviter de le regarder en face. Car, mes très chers enfants, c'est l'horreur ! Comme la tour Eiffel, Georges n'a plus une pièce d'origine. « Refait de chez refait » ! Adolescent, il était une sorte de Bébel enthousiaste. Comme l'Homme de Rio, on l'imaginait parfaitement conduire des Aston Martin le corps moulé dans la soutane de Léon Morin prêtre. Nous nous sommes perdus de vue parce que nous nous sommes perdus de vue. Sans explications et sans vraie tristesse. Mais son coup de fil, la semaine dernière, me fit plaisir... J'allais le revoir. Le problème c'est que j'avais quitté Belmondo jeune et déluré et je retrouvais dans un appartement bourgeois une sorte de vieil Anthony Quinn avec une tête de général mongol. Tout faisait peur, la peur bleue de la peau des cadavres. Georges portait le cheveu au mètre, la pommette haute et le regard cisaillé en amande. Un instant, j'hésitai entre la petite casserole et le bout de sternum qui lui aurait été collé dans le menton pour redensifier une fin de visage flasque. On sentait bien que Georgie voulait retrouver l'ovale de son adolescence. Il n'est d'ailleurs pas impossible que le soir dans sa chambre, l'ombre étouffant la lumière, il puisse le croire. Le problème c'est que de profil, lui si beau dans mes souvenirs, ressemblait aux frères Dalton. On ne pouvait même plus parler de bas de visage, mais presque d'un nouveau corps démarrant sous la mâchoire. Dans un accès de lucidité déconnante, j'espérais que le chirurgien massacreur lui avait fait un prix. Voire, qu'il s'agissait d'une promo pour une nouvelle clinique du XVIe arrondissement nord. Le résultat était ignoble et mon envie de vomir intense. Et pas le moindre téléphone à l'horizon. Pourtant, c'était vraiment l'ambiance SAMU.

Histoire de gagner du temps et après avoir bégayé trois âneries dans son cou, je me dégageai pour me ruer sur les cacahuètes après avoir bramé à la va-vite un « bonsoir » à la cantonade.

Le drame, c'est qu'à peine avais-je relevé les yeux qu'une rapide évaluation de la situation me glaça.

Jusqu'à ce soir, je n'avais pas de point de vue arrêté sur la chirurgie esthétique : une femme, un homme, un nez, quelques liposuccions éparses, des calvities transformées en clairières de bouleaux. Petits drames et petits bonheurs, mais en aucun cas l'aspect massif de ce dîner. J'étais dans un camp retranché. Nous étions une quinzaine prêts à passer à table. Et sur les quinze, dix « Expérimentaux ». C'était à peine croyable. L'effet de masse faisait ressortir les mêmes pommettes et toutes ces bouches transformées en steaks de toile cirée. La peau épaisse, tendue, brillante découvrant, à l'ouverture, des dents comme des claviers et un sourire Steinway.

La maîtresse de maison, petite femme hyper-sexy, pleine de seins et de cheveux (Georges vient de convoler), nous fait passer du saucisson qui a nécessité la venue spéciale en cuisine d'une hindoue : « pour l'épauler ». La chasse à courre est partie. Quelques spécimens de l'Intelligence et leurs amis fourbissent leurs armes avant de s'abattre, avec ce qu'il leur reste de regard et de corps, sur les futures victimes de la 213e meute. En un instant, l'esprit est à l'assaut de la chair fraîche et croyante. Le personnage le plus ahurissant est un Mongolito de cinquante ans qui a roulé son jean noir pour découvrir des chevilles bronzées et des socquettes blanches enfouies dans des Caterpillar tendance. La copine de Vélasquez ne sait pas encore si elle va coucher et avec qui mais la moustache qui surligne ses lèvres est le petit bois de son futur brasier. Aurélia est gonflée comme une pastèque. Aimée est aimée. Elle ne fera rien. Il faudra qu'on vienne la prendre. Georges enverra sa femme à la cuisine pour tenter de tripoter quelque chose dans un dédale. Le prétexte sera évidemment d'ouvrir une édition rare de Saint-John Perse : *Exil* par exemple...

« Toute chose à naître s'horripile à l'Orient du monde,

Toute chair naissante exulte aux premiers feux du jour,
Et voici qu'il s'élève une rumeur plus vaste par le monde,
Comme une insurrection de l'âme. »

Georges a une grande habitude de son couloir un peu spongieux, lieu de tous ses attouchements. Saint-John Perse est dans ce domaine très efficace. Etrange personnage que cet homme du Quai d'Orsay qui a compensé par des mots sublimes sa faillite personnelle de l'entre-deux-guerres aux côtés d'Aristide Briand. Le 19 juin, de Gaulle a reçu mille personnes à Londres, mille ados seulement avec qui il fut à peine aimable. Saint-John Perse, lui, passa la deuxième boucherie du siècle enfermé dans la bibliothèque de Washington. On peut appeler ça « exil ».

Drame ! Il n'a aucune envie de la fille qui se pointe. Du coup, le duo retrouve les autres convives à table. La conversation est en suspens. La meute ne se souvient plus exactement si c'est Heidegger ou Furtwängler qui possédait une carte du parti nazi. Car, pour pêcher la sotte ou l'Arlequin défraîchi, il faut de la conversation. Une actrice, jusque-là silencieuse, s'anime : Mitterrant-Bousquet, elle n'a pas supporté ! D'ailleurs, son grand-père, radical du Sud-Ouest, le savait, que ces deux salopards étaient copains. Elle est super pas contente l'actrice. Ses petits poings s'animent. Une dénommée Mathilde approuve, mais avec difficulté, car dès qu'elle bouge un bras, ses paupières sortent comme des stores. Tout le monde est blanc, car après le scalpel, le soleil est banni. Ça parle fort. Maintenant que mon regard s'est habitué aux monstres, j'ai du mal à retenir une irrésistible envie de rire. Je suis sauvé par la pintade qu'on me présente dans une grande jatte de porcelaine. J'ai l'impression d'y voir leurs anciennes joues en train de mijoter dans la soupe. Beurk ! Un biologiste raconte une histoire drôle. Physique de Sami Frey authentique, les Infantes roucoulent à chacun de ses mots mais il a un brutal problème de texte. Du coup, plus personne ne se marre et l'ambiance tourne au naufrage.

Sentant que le prévisible touche-pipi collectif est en danger, Georges m'apostrophe :

— Tu es bien silencieux, Guillaume.

J'improvise, l'air pénétré :

— Pas du tout ! Je me demandais pourquoi Finkielkraut horrifié par la barbarie nazie avait plutôt tendance à excuser Heidegger.

— Mais mon cher Guillaume, c'est parce qu'il pardonne à tous ceux qui combattent la modernité.

Ça y est, nous étions dans le pompeux lorsqu'on me servit une moussaka froide. Pas le moindre dessert à l'horizon. Quelques couples étaient en voie de formation. Dans ce genre de soirées, il y a toujours un tragique, le vrai laissé-pour-compte, qui se rua sur un piano pour tenter de refaire son handicap et d'abandonner sa solitude. Il massacra Erik Satie. La fumée des cigares avait divisé la pièce en paravents infiniment légers et âcres. Je pus m'enfuir. Dans l'escalier, délivré, je pris conscience de cette nouvelle catastrophe de l'image. L'humain qui ne se supporte plus. Un copain médecin à qui je racontais cette curieuse soirée me rappela que toute leur vie, Louis XIV et Napoléon avaient souffert le martyre à cause de leurs multiples maladies. Maintenant que dans le monde occidental, la médecine fulgurante chasse le mal, traque la douleur, à quoi pourrait bien servir une bouche qui n'exhumerait que des mots et une souffrance ? Elles veulent toutes, elles exigent toutes un deuxième sexe au milieu du visage. Nous ne sommes pas mieux.

Jouir à fond.

22 décembre.

La jouissance n'est que la forme extrême de la plénitude qui, aujourd'hui, rallie tous les suffrages et toutes les envies, y compris les plus malsaines : le bonheur privé. Plus personne ne croit, une seule seconde, au « collectif ». Mais comme on ne peut pas suicider les peuples, les nations, les partis, les syndicats et les gouvernements, ils ont trouvé ce faux ami, cette illusion d'être ensemble qu'est la télévision.

Un jour, il y a plusieurs mois, débarque dans mon bureau le « directeur artistique » de Canal Plus. Un type de quarante ans, plutôt sympathique, qui visiblement ne supportait plus que l'on fasse allusion dans les journaux à mes costumes rayés. L'idée qu'il ne voulait pas m'avouer était que la rayure participait d'un double symbole impossible à assumer pour une télévision à la fois grand public et branchée : le mariage de la mafia et de la Chambre des Lords. Lui était évidemment totalement rasé, l'anneau dans l'oreille, le torse moulé dans un pull tendance et le froc évanoui sur des pompes de montagne. Bref, il avait quand même à son âge une tronche de cake ! Mais de « cake » sûr de lui. Consciemment ou pas, il avait endossé l'uniforme de la chaîne et il me reprochait d'afficher un dandysme incompatible avec une pratique sociale du plus grand nombre : présentateur télé. Le plus comique, c'est qu'il en fit une affaire esthétique. Il ne m'a pas dit : « Fais ce que tu veux, mais à l'antenne déguise-toi en Canal Plus : fais-toi le look Barthez-casquette--Kangool. »

Non, le plus sérieusement du monde, il m'a dit avec un air pénétré, calme et suave :

— Et si on parlait de « mauvais goût » ?

Evidemment, je l'ai gentiment envoyé se faire mettre car l'idée de me faire « looker » par lui m'était totalement insupportable. Vous imaginez bien que je ne me prends pas pour le Che Guevara de la cravate ! Mais à travers cette anecdote transpire l'idée que la télévision ne véhicule plus que des valeurs de télévision avec des gens qui se doivent, dans leur présentation, de mimer les groupes sociaux auxquels ils sont censés s'adresser. Un autre jour, je croise Frédéric Mitterrand abattu et souriant dans un couloir d'Europe 1. Il sortait de l'antre de je ne sais quel chef de bureau de France 2 qui lui avait dit le plus sérieusement du monde :

— Bien sûr que tu connais mieux le cinéma que tous les gens qui en parlent sur la chaîne... Mais est-ce que j'y peux quelque chose si tu es « segmentant » ? Quand les gens regardent Frédéric Lopez, ils ont l'impression de voir Delarue. Que tu le veuilles ou non, mon vieux, il existe une cohérence de chaîne. Et cette cohérence passe aussi par la tronche !

Je dirais qu'à la limite, l'histoire des « présentateurs », qu'ils soient animateurs ou journalistes, n'a aucune importance. Qui peut souscrire l'espace d'un instant à la moindre plainte que nous pourrions émettre ? Tout le monde s'en fout, et avec raison car il y a la queue à la porte. Là où le problème reste entier c'est en matière de programmes. Non seulement la télévision se nourrit narcissiquement d'elle-même : multiplication des bêtisiers et autres zappings qui n'ont aucun sens. Mais en plus, à part quelques chaînes du câble, elle marginalise tout ce qui ne lui fabrique pas d'audience. Donc on en arrive à cette aberration que sont considérés comme artistes soit des chanteurs de variétés (extension possible vers le rock et le rap), soit des acteurs.

Basta !

Les autres, pianistes, jazzmen, sculpteurs, et j'en passe, n'existent pas car ils n'ont pas de reflet social suffisamment important pour que le petit écran s'intéresse à eux.

Ce n'est pas très grave car leur vie est ailleurs, dans les musées ou dans les clubs. En revanche, pour la politique, le SOS se doit d'être lancé. Elle ne peut pas n'être que l'instrument de la dérision de la toute-puissante télé. Il ne s'agit pas d'exonérer les politiques de leurs manques ou de leurs trahisons. Mais j'ai suffisamment parlé des Guignols pour évoquer d'autres choses. Quand je vois « Politiquement rock » sur la 6, j'ai envie de péter mon écran ! Que Séguin aille chez Drucker plutôt que chez Ruth Elkrief, c'est sa liberté, même si les journalistes politiques acceptent mal cette transgression. Mais les échéances décisives sont loin. Lui comme les autres reviendront dans les émissions traditionnelles dès que les élections majeures pointeront le bout de leur nez. Il n'y a pas de drame. Ce qui m'exaspère c'est qu'on s'arroge le droit de les utiliser, de les mettre en musique, de leur faire dire n'importe quoi, de fustiger leur impuissance, de leur inventer des personnalités qui ne sont pas les leurs. Bref, de hurler à l'antenne « la démocratie on n'en a rien à cirer », comme si toutes les chaînes importantes actuellement voulaient assassiner les gens qui leur ont donné la vie. Effacer à tout prix la trace de ce lien entre la politique et l'écran.

Que serait Canal Plus sans Rousselet ? Pas grand-chose. Que serait Canal Plus sans Mitterrand ? Rien !

Et la 6 actuelle sans Chirac ?

Alors ces types qui font joujou avec les marionnettes et leurs stock-options feraient bien de se souvenir qu'ils ne sont pas nés dans une Suisse éternelle, un canton de Vaud sans histoires, mais dans la France du début des années 80 et dans un Palais qui s'appelle l'Elysée. Ce n'est pas une raison pour tuer la critique mais étouffer l'histoire de ses propres origines ne confère pas la dignité. Guignols de mon cœur, vous n'êtes qu'une concession de l'Etat ! Alors, vos réflexions sur la mitterrandie trahissant le peuple vous pouvez vous les garder. D'ailleurs Gaccio ne joue-t-il pas au golf comme Tonton ?

Je me souviens qu'une des premières émissions de la chaîne portait ce joli titre : « Privilège ».

Toute l'habileté du système consiste à faire croire à une presse largement complice que ce petit théâtre est la scène de la liberté alors qu'il s'agit simplement du produit le plus regardé de Canal Plus. De ce point de vue, de Greef est un illusionniste auquel on doit tirer son chapeau ! Car la construction de ce succès vient de nos propres manques, nous, les cartes de presse. Essentiellement dans cet unique domaine aujourd'hui déconsidéré : la politique, car partout ailleurs le travail est bien fait. Souvent mieux en France qu'à l'étranger.

Que s'est-il passé ?

Je me souviens d'une période pas si lointaine où quelqu'un comme Albert du Roy pouvait prendre deux minutes d'un journal télévisé pour que celui-ci ait un point de vue. Or, nous avons tous abdiqué pour de multiples raisons. Primo : ne pas diviser l'audience. Deuzio : maintenir de bonnes relations entre l'Etat et les propriétaires. Et tertio : sur ce terrain abandonné, laisser à l'écrit le monopole de la presse d'opinion.

C'était d'autant plus facile à réaliser qu'il n'y a pas fondamentalement en France, pays non puritain, un besoin inexorable de vérité. Que les juges ou les journalistes du *Monde* fassent leur boulot, c'est là un mandat qui est accepté par l'opinion. Mais imaginez cinq secondes que ce soit la télévision qui, après enquête, fasse démissionner Strauss-Kahn, l'affaire tournerait au scandale national. Les mêmes qui acceptent de lire Hervé Gattégno n'ont jamais voulu comme spectateurs que soit poussée à fond l'idée d'un « droit de savoir ». Ce n'est pas uniquement une question de patrons prudents et craintifs. S'ils sentaient dans l'opinion la nécessité de ce type de programmes, ils les soutiendraient. Mais je vous prends à témoin, tranquillement installé chez vous en train de lire ces lignes. Il y a quelques mois, un avocat économiste et séguiniste, Nicolas Baverez, a publié dans *Le Monde* un réquisitoire ultra-violent contre l'Elysée intitulé : « Jacques Chirac : un septennat pour rien. » Et pourtant, Baverez, comme les Guignols, comme Régis Debray, comme Alexandre Adler et comme toute la joyeuse équipe de « Phares et balises », a appartenu à ce groupe hétéroclite qui a donné à Chirac un texte en 95 lui permettant d'être au sommet de son personnage : le sympathique que tout le monde trahit et qui nourrira en quelques semaines la ferveur populaire de cet abandon. Le texte de Baverez est extrêmement documenté [1] et pourrait parfaitement, dans une

1. Et très contestable comme tout éditorial.

version condensée, être défendu par un Albert du Roy d'aujourd'hui. Or, immédiatement, cela déclencherait un tollé. Car en fait, la télévision est tellement puissante, a tellement d'impact qu'il y a un consensus général pour qu'elle bride ses ambitions en matière de liberté d'opinion.

Accepteriez-vous d'entendre et de voir ce que vous acceptez de lire ?

Or, le ricaneur est rarement un révolté.

Aujourd'hui, si la révolte existe, elle s'exprime essentiellement dans les arts de la solitude. Là où on n'a pas besoin de lumières, de studios, de journalistes, d'acteurs, de scénaristes et de montagnes de dollars ou d'euros pour faire fonctionner le tout.

La peinture n'a pas de textes et pas de public. Donc, on peut frapper à la masse sur ces irresponsables sociaux. Et croyez-moi, il n'y a pas que les beaufs qui s'en mêlent... Souvent, ces derniers temps, les intellectuels sont devenus les procureurs de cette liberté inouïe, pourfendant cette petite caste fragile, ce petit monde improbable qui a su donner un sens à l'image : les peintres.

Au moins, ceux, peu nombreux, qui obtiendront la gloire avec le temps auront-ils fait peu de concessions à leur époque et à leurs voisins.

Et la question n'est pas de savoir s'il faut préférer Bashung à Lara Fabian, Clavier à Jean-Pierre Bacri, ou TF1 à Canal Plus. Ça n'a aucun sens profond. Ce n'est que la mise en scène de rivalités entre chaînes, tribus et talents différents.

La seule chose dont je sois certain après vingt ans de télévision c'est que la culture qui traverse le temps porte les noms de Faulkner et Malevitch. Tout le reste n'est qu'une intense branlette parfois divertissante.

Canal Plus, c'est famille, c'est ça
qu'il faut comprendre...

Publicité avec la voix de
Pierre Lescure.

An 2000 – Ambiance tempête.

Finalement, si vous ne m'avez reçu que trois semaines après le déclenchement de cette médiocre affaire, c'est uniquement parce que j'ai eu le bon goût d'annuler un rendez-vous que m'avait donné votre actionnaire. Il a dû vous faxer ma lettre.

C'est comme votre Mazarin qui s'est permis de déclarer dans la Nuit des Guignols, à propos du sac de Bernadette Chirac, je le cite : « Ce qui nous a permis de réfléchir à ce que l'on fait sur les gens... »

Sous-entendu, bien évidemment, attention à ceux qui pourraient déclencher la foudre.

Car les autres, tous les autres, vous croyez que le Mazarin du XVe a réfléchi une seule fois au mal qu'il a laissé faire. Ce n'est plus une liste, mais un bottin des victimes d'une tauromachie truquée. Et Dieu sait que la victimisation excessive décrite par Pascal Bruckner a montré ses limites. La plainte des puissants n'est plus crédible et à l'autre bout de l'échelle sociale la foule vomit ses élites. Nous en sommes là. Et c'est bizarre, j'ai le sentiment que vous n'y êtes pas pour rien.

Quant à la fameuse famille idolâtrée comme le monastère de l'Evangéliste à Patmos, il serait intéressant d'entendre, ces derniers temps, Marc-André Pfeiffer, numéro 2 qui n'a plus de numéro. Ou Albert Algoud, viré sans un mot après plus de dix ans de travail, de rires, de sketches et de textes pour de Caunes. Je ne parle pas de De Greef condamné par les tribunaux pour overdose de CDD.

Je ne suis pas mieux que les autres et Canal Plus n'est pas pire. Simplement notre métier pour être mieux considéré doit s'immerger dans un sentiment profond : l'honnêteté.

Encore elle ! Et donc arrêter de se faire passer pour ce qu'il n'est absolument pas : une famille.

Les médias (télé et presse confondues) ont promu cette nouvelle race d'envahisseurs à portable qui se repaît de la vie des autres, attendant leurs échecs comme on déguste le motard écrasé sur une balustrade. Pas une seconde, malgré ma colère, je n'ai envisagé d'enquêter sur l'entreprise qui m'a abrité pendant deux ans. Mais si vous imaginiez l'odieuse boîte aux lettres que je suis devenu, malgré moi ces dernières semaines, le vertige agresserait votre penchant pour l'amitié. Des flics ont voulu me donner des rapports sur de prétendues affaires étouffées au nom de Canal Plus. Certains de vos collaborateurs historiques ont voulu me confier des documents alors que je ne leur demandais rien puisque je les connaissais à peine. J'ai reçu des fax de province, témoignages haineux par exemple de gens qui ont connu Gaccio et les autres à des époques anciennes. Sympa la famille, très sympa.

En 92, lors du référendum de Maastricht, j'ai senti cette extraordinaire aptitude à la trahison de notre milieu. Le NON rôdait dans les villes, le NON se promenait dans les campagnes et envahissait Paris, et ses déjeuners, comme la rumeur jouissive d'une catastrophe annoncée mais tellement distrayante. Pardonnez-moi d'être vulgaire mais ce fameux NON les faisait bander, ces Néron décadents. Je ne parle pas des justes craintes, des Modestes, mais de l'attitude éternelle de la bourgeoisie française, aujourd'hui dans sa version Motorola-Ericsson, qui choisit toujours de rire lorsqu'elle a rendez-vous avec l'Histoire. Et qui s'échappe pour bronzer aux Maldives dès que le vent souffle sur la France.

Encore une fois je ne suis pas meilleur qu'eux mais ils m'écœurent !

A ce propos je voulais vous dire, Pierre, que contrairement à ce qui a été écrit, je n'ai aucune amertume. Vous avez laissé dire pendant deux ans ce que vous pensiez de moi, ce qui m'autorise à écrire en deux cents pages ce que je pense de l'inhumanité de quelques-uns d'entre vous car peut-être suis-je fragile et âmeux mais lâche et planqué, certainement pas. Je suis un journaliste imparfait. J'aime mon métier. Je suis un tissu de contradictions qui est retourné avec plaisir à la case départ où je vous ai connu : Europe 1. Je voulais encore ajouter que vous seriez descendu parfois me voir lorsque votre quatuor d'assassins officiait, qu'un léger bonheur m'aurait envahi. Car au fond, après des semaines d'hésitations, je ne suis venu à Canal Plus que pour vous. Par amitié, comme celle que je voue depuis des années au travail des peintres.

Quant aux quelques prétentieux du troisième étage qui, après avoir fait croire qu'ils allaient réinventer la télévision, répandent maintenant l'idée qu'ils vont réinventer le journalisme engagé [1], dites-leur de ma part qu'ils feraient bien, avant de pomper « Sixty minutes », de verser des droits d'auteur à Jean-François Bizot, Jacques Derogy, *Charlie Hebdo*, *Le Monde*, *Libé*, l'*Obs*, *L'Express*, *Rolling Stones*, *Vanity Fair*, « Spitting Image », et pourquoi pas à CBS. Remarquez, ce sont des habitués, avec NPA ils avaient déjà copié

1. Malgré l'ironie, on doit leur souhaiter bonne chance. Sincèrement.

« Saturday Night Live ». Quand on ne crée pas, surtout quand on est un monopole qui n'a pas la pression de l'audience, autant cotiser au devoir de mémoire ! Ce qui m'amuse profondément c'est qu'on écoute avec sérieux ces fabricants d'imitations Vuitton à Marrakech, et autres marchands de fausses Rolex à Chinatown. Qu'est-ce que de Greef a inventé d'autre que de mimer l'Amérique en prétendant que c'était une imitation de gauche ! Dans sa tour du XVe, il doit croire qu'il est à Manhattan puisqu'il voit la réplique de la statue de la Liberté par la fenêtre de son bureau. Attention à la crise de bartholdite aiguë !

Allez donc expliquer à des gamins qui rêvent eux aussi d'Hollywood qu'ils ont affaire à un faussaire ou plutôt à un naïf. Mission impossible : il y a trop de complicité. Groupes, réseaux et agents d'influence, jolies murènes qui attendent, entre la roche et le sable, de pouvoir déchirer les récalcitrants. Mais là où pointent la nostalgie et l'émotion, c'est qu'ADG me rappelle ce que raconte joliment Jean-Marie Perrier dans *Rock and Folk* à propos du premier voyage d'Eddy Mitchell et sa femme aux Etats-Unis. Débarquent de l'avion, sous un ciel éclatant, un cow-boy et une Indienne, qui rêvaient de John Ford et qui n'ont vu dans un premier temps que des hommes d'affaires habillés comme tout le monde en costume. Nous sommes tous ces petits-bourgeois incapables d'inventer un désir français pour nos enfants. Il nous faut de la bannière étoilée et ça fait des années que ça dure. Normal, ils nous ont sauvés deux fois dans le siècle. Mais, si Monsieur Eddy est le charme personnifié, sachez que vos apprentis Jessie James m'ont fait un mal de chien.

Sachez qu'ils ont été pires que mon enfance au couteau. Pires que la marée noire humiliant Belle-Ile. Pires que Lanco. C'est l'asile de la méchanceté qui les attend.

Samedi 15 janvier.

A la maison Arthur pionce. Les nuits d'hiver, je ne dors pas, je fouille jusqu'à l'épuisement dans les livres et les piles de cassettes jamais ouvertes. Soudain, la perle ! Le cours sur le persiflage d'Elisabeth Bourginat [1]. Je tombe sur cet extravagant plan fixe de Paris Première qui donne la parole à un universitaire. Ambiance photomaton. Le contraire du glamour, de l'excitant. Plus proche de l'Allemagne de l'Est que de la nostalgie du Studio 54 de Steve Rubell. La dame nous explique, et mon oreille frémit car elle

1. Elisabeth Bourginat, *Le Siècle du persiflage, 1734-1789*, PUF, coll. Perspectives littéraires, 1998.

évoque d'entrée les Guignols, que le persiflage naquit au moment de la gaieté philosophique : le XVIIIe siècle. Le divin Voltaire !

A l'époque, comme entre les *Inrockuptibles* et *Technikart*, la bataille faisait rage entre deux attitudes, deux pensées : les petits-maîtres et les libertins. Tout ce que raconte Elisabeth me passionne. Oublions les plus intéressants d'entre eux : les émules du divin marquis car le libertin transgresse vraiment et prend, à l'exemple de son maître, souvent le chemin de la prison. Nous ne sommes pas dans l'impertinence, encore moins dans le persiflage. C'est la chair d'un homme contre le vêtement d'une société.

Restent les petits-maîtres, ancêtres de nos amis les Guignols.

A l'origine, existait un comédien, Grandbœuf, dont la spécialité était, suivant les convenances du théâtre, de se moquer du monde : c'est son art qui prit le nom au XVIIIe de « persiflage », et le mot était exceptionnel, car produit de la contraction de deux éléments contradictoires : « per », particule latine très peu employée à l'époque (contrairement à « par ») et qui impliquait le non-doublement du « f ». Persiflage est apparu bien avant le verbe « persifler ». Au fond, Grandbœuf était une sorte de « Stand Up Comedian » bien avant Seinfeld.

Mais suivez, car c'est le succès du mot qui nous intéresse. A l'époque une terminaison en « age » est à peu près l'équivalent de nos « isme » qui pullulent dans le langage politique et culturel depuis la fin des années 60. Qui va voir Grandbœuf ? Les mondains qui s'approprient son attitude de comédien pour en faire une pratique du mot et de la phrase. Grandbœuf eut besoin des mondains pour éviter la censure, et les mondains venaient d'hériter du meilleur moyen de se reconnaître entre eux, et donc, d'exclure les autres. Le persifleur ne doit rien à l'ironie de Socrate, rien au relatif individualisme des libertins. C'est un animal de cour (coucou Canal Plus !) qui permit au départ à la noblesse des villes, snob et méchante, de marquer sa différence avec les hobereaux qui restaient à la campagne... Nous ne sommes en aucun cas dans l'affrontement avec les puissants, mais dans une sorte de caste qui crée un langage dont le seul but est d'agréger ses semblables. Au contraire de Sade, Valmont, en bonne pétasse de cour, est l'archétype du persifleur. Un type s'adonnant à la méchanceté dans la fausse ironie, la domination des femmes, et qui ne veut jamais accepter de ressembler à l'autre tout en étant sa copie parfaite. C'est l'illusion de la différence, comme Canal Plus est l'illusion d'une autre télévision. Tout ça est né après l'échec de la Fronde... Louis XIV pour s'en débarrasser a attiré la noblesse à Versailles en lui offrant des plaisirs raffinés : que les Ducs, Comtes et Marquis la ferment ! Le persifleur est un courtisan désœuvré. D'ailleurs notre enseignante de Paris Première nous explique, en linguiste distinguée, que le mot et l'attitude seront décapités à la Révolution...

On ne les retrouvera que chez les émigrés fuyant le peuple et la guillotine. Bien au-delà des Guignols, je ne soupçonnais pas que la mode de la vacherie acidulée qui s'est emparée d'une bonne partie de la presse ces dernières années était à l'origine un art de courtisans décadents n'ayant pour obsession que de se retrouver entre eux, loin des autres. L'Autre, le différent, quelle horreur pour Valmont !

Printemps 2000 – Festival de Cannes.

Cannes est l'apothéose annuelle du Marchand de disgrâces. Une de ses phrases est réapparue ces derniers jours. Elle suivait le « je ne te reproche rien » du fameux matin de *Voici*, le lundi 8 février :

— J'ai une opportunité que je ne peux pas laisser passer...

Sur le moment, j'avais cru à la possibilité réjouissante du retour d'Alain Chabat ou d'Antoine de Caunes. J'aurais applaudi à deux mains, malgré un pincement au cœur. Mais son rêve de l'époque, cette fameuse opportunité à demi secrète, était tout autre :

Nagui, son Jay Leno à la française. Sa nouvelle chose. Son Clark Gable pompiste.

A Cannes, entre deux soirées en boîte pour casting-météo-urgent, il n'est pas besoin d'être devin pour envisager qu'avec ses mots, sa lenteur, ses méandres, il amorcera un tournant que les récents assassinats des Guignols, les Fouquier-Tinville du rire, annoncent depuis plusieurs semaines.

— J'ai toujours dit... « Nulle part ailleurs »... difficile passer an 2000... Puis contexte... changement alliance information... Pourquoi pas 20 heures... à notre manière... Fogiel prometteur... Grosse envie... Nagui... pipi... dodo [1]... Pas sûr... mais bon... Chabat encore mieux... historique.

C'était l'histoire de quatre comiques travaillant pour le capital. Un mentor, trois exécutants. Leur barque navigue dorénavant sur un lac inquiétant et trop tranquille, entourée de cygnes noirs. Buffet froid.

---

1. Mots employés par de Greef en lançant l'émission de la régie.

Heureusement, sur la Croisette, il y aura le cinéma, le vrai. Comment dire, écrire, hurler que malgré un statut d'ultra-privilégié et sans narcissisme aucun) on va mal... Très mal depuis cette aventure.

Between the desire
And the spasm
Between the potency
And the existence
Between the essence
And the descent
Falls the shadow.

T.S. Eliot

Automne 1952, quelques voyages, quelques lectures irritantes [1].

Je suis né en septembre. Dix ans plus tard la vie s'élargissait avec une force inouïe. Des noms devinrent des éditoriaux planétaires : Dylan, les Beatles, Rauschenberg, John Cage, William Burroughs, le Miles Davis funk.

Pour moi, le choc absolu vint de l'Allemagne, à Kassel à l'occasion de l'exposition des Documenta en 1964. Un jeune Français découvrait ébahi les premiers chefs-d'œuvre de la culture pop. Les Jackie Kennedy d'Andy

1. Dédié à mes parents, ce dernier chapitre fit l'objet d'une préface pour *Cinquante tableaux de stars* (Cercle d'art, 1998).

Warhol, les étendards de Jasper Johns, les piscines sucrées de David Hockney, le Roxy's bar d'Ed Kienholz et même, l'année précédente, dans un registre plus minimal, l'étable de Joseph Beuys à Kranenburg. Quitte à passer pour un Petit Chose de la culture, j'étais à la fois aveuglé de plaisir, intrigué par le propos et heureux de la naissance d'une culture forte pour ma génération.

Mais ce qui dominait, ce fut peut-être l'expérience abrupte et positive d'une certaine forme de viol. L'autre vous dit : « Change le monde avec moi » et l'on est acculé à ne pas répéter à l'infini la même histoire. Ce n'était pas la croisière passive du ressentiment mais un besoin irrépressible d'aventure plutôt que de morale. Je vous épargne le fait que l'aventure, là encore, a mauvaise presse.

Ce qui ne l'empêche pas de continuer et de me toucher. Aventure récente avec la découverte de l'exposition « Sensation » à Londres [1]. Les œuvres de Damian Hirst et des frères

1. Transférée récemment à New York, elle a fait l'objet d'une violente polémique, notamment avec le maire, Rudy Giuliani.

Chapman m'ont procuré la même joie. Ne plus penser à soi. Je déteste être entouré de gens qui, dans tous les domaines, veulent absolument connaître la fin. Y compris la fin de l'histoire de l'art en clamant que Bach et Flaubert sont indépassables.

Imaginez une seule seconde qu'un type arrive dans une maison de disques en fredonnant aujourd'hui *Yesterday*. Si son interlocuteur est honnête, il le jette à coups de pompes. S'il est malin, et qu'il veut faire de l'argent avec une génération, il lui offre une coupe au bol et le baptise *Oasis*.

Dans les deux cas, la création n'a pas avancé d'un poil. C'est ce que m'a appris mon père qui n'est pas un obsédé de l'originalité et qui, s'il n'a pas toujours vendu des produits de première fraîcheur, est quand même resté tout au long de sa carrière lucide sur l'existence d'un vrai talent ou d'un vrai plagiat.

L'éducation artistique à l'école ou au lycée le consternait. Inexistante ou académique.

Nous sommes dans un pays où l'on ne passe pas dans la classe supérieure grâce à une musique ou à un dessin. L'accent est totalement mis sur la réalité d'un enseignement à base de chiffres et de lettres. Et pourtant, à sa manière, le musée est aussi une bibliothèque. Une bibliothèque d'objets. Avec un regard, une mémoire qui sont incontournables pour les enfants mais totalement ignorés par l'Education nationale. La culture de l'œil est poignardée. Mon père eut aussi la bonne idée de me dire que le monde anglo-saxon n'était pas le seul à réinventer la vie. En 1958, dans la galerie d'une amie, Iris Clert, un Niçois avait exposé le vide. Il s'appelait Yves Klein. Le livre d'or du vernissage fut constellé de mondanités et d'injures. Comment pouvait-on exposer le vide ?

Aucun intellectuel français ne célébra cette naissance. Seule, peut-être, cette signature dans un coin : « Avec le vide, les pleins pouvoirs, Albert Camus. »

Pardonnez-moi d'insister encore sur ce refrain, mais trente ans après, l'art et ses héros ont une presse effroyable. Depuis quatre ou cinq ans l'écrit règle son compte à l'image. Comme si la création contemporaine était un nouvel enfant caché de François Mitterrand ou la cousine de CNN. Un beau matin, une camarilla hétéroclite décrète que tout est obscène, vide de sens, une sorte de saloperie dégradante gérée par des golden boys, collectionneurs ou artistes, en mal de panoplie culturelle. Dans la foulée, *L'Evénement du Jeudi* s'enflamme, la revue *Esprit* pense, l'insaisissable Baudrillard rédige *Le Complot de l'Art* et André Comte-Sponville dénonce la modernité comme idéologie. Le pays s'en fout mais fait un triomphe à une pièce de théâtre qui se moque avec talent des amateurs de tableaux blanc sur blanc. On entend des cris : « Vive le Titien, à mort Buren et Joseph Beuys ! »

Le énième procès de l'abstraction prend corps. Francis Bacon, mort et enterré, apprend qu'il est vivant... Balthus, lui aussi, a droit à un passeport pour le paradis car il aurait le mérite de faire une œuvre figurative... Leur talent n'est pas en cause mais on peut imaginer la tristesse des autres, de tous les autres, qui, sans être des apôtres du concept, apprennent qu'ils n'ont pas forcément le droit de peindre un vert qui ne soit pas de l'herbe et un bleu qui ne soit pas le ciel.

Et là, je suis obligé de citer des passages des plus virulentes critiques émises.

Jean Baudrillard, 1997 :

.. *« L'art contemporain joue de cette incertitude, de l'impossibilité d'un jugement de valeur esthétique fondé, et spécule sur la culpabilité de ceux qui n'y comprennent rien ou qui n'ont pas compris qu'il n'y avait rien à comprendre. »*

... *« La seule question, c'est : comment une telle machine peut-elle continuer de fonctionner dans la désillusion critique et dans la frénésie commerciale. »*

C'est quand même la première fois dans l'histoire culturelle du pays qu'un intellectuel, et il est loin d'être le seul, condamne en bloc tout un pan de l'activité créatrice. Ce n'est pas la littérature qui est touchée. Ce n'est pas le cinéma qui est pourtant de plus en plus encombré par des navets divertissants... Non, c'est l'art qui est frappé d'indignité sans qu'il soit fait la moindre allusion à un artiste en particulier. Nous sommes dans l'allergie de l'art. Dans l'allergie absolue de l'image, du spectacle, de la vision. Le tout aurait même un caractère pornographique. N'étant qu'un pauvre gars qui travaille à la télévision, je n'ai pas les moyens théoriques d'une polémique avec Jean Baudrillard.

Mais puis-je lui rappeler qu'il est le héros malheureux d'un ouvrage américano-belge, *Impostures intellectuelles* d'Alan Sokal et Jean Bricmont [1], publié chez Odile Jacob, qui dénonce la fumisterie conceptuelle et verbeuse d'un certain nombre de penseurs bien de chez nous ! Puis-je lui rappeler qu'il fait dans la confusion des époques... Ecrire que l'art c'est le presque rien, c'est s'adresser forcément au

1. Eux-mêmes très attaqués dans un article de la revue *Les Temps modernes* (n° 600), « Retour sur l'affaire Sokal » et dans deux ouvrages : *Impostures scientifiques. Les Malentendus de l'affaire Sokal*, sous la direction de Baudouin Jurdant, La Découverte/Alliage, 1998 et *L'Affaire Sokal ou la querelle des impostures*, d'Yves Jeanneret, PUF, 1998.

minimal art américain ou à l'Arte Povera en Italie. Donc aux années 60 et 70. Il lui aura fallu trente ans pour apposer son commentaire absurde à côté de celui d'Albert Camus sur le livre d'or de l'exposition d'Yves Klein.

Quant aux artistes des années 80, ils travaillent sur le retour de la figuration et la vraie critique que l'on peut leur adresser, ce n'est pas de faire dans le rien mais dans le trop puisqu'ils ont pratiquement rétabli toutes les valeurs de la peinture néo-classique. Voilà donc un homme qui écrit dans les années 90 un texte qui a pour seule vocation de purger les années 80, mais qui se trompe de cible et attaque les années 60. Il aurait dû prendre des vacances Baudrillard, depuis longtemps.

Comment croire après à la lucidité de certaines prises de position ? S'ils n'aiment pas, qu'ils changent de trottoir. Mais quelle prétention de mettre trente années entre parenthèses sous le seul prétexte qu'il y a de l'argent qui circule... Si, à travers ces mots, j'arme quelques gifles, c'est pour bien mettre en avant leur inanité. La mode est à la pluie d'insultes sur les hommes, surtout s'ils sont visibles et donc visés. Je me contenterai d'une série d'interrogations. Au départ, un sociologue qui écrit formidablement bien et qui admire Guy Debord fait partie d'une certaine forme d'avant-garde. Pourquoi la dénonce-t-il trente ans après ? Surtout lorsque l'on sait que les peintres du mouvement Cobra (Jorn, Alechinsky, etc.) furent étroitement liés aux écrivains qui dénonçaient la société du spectacle ?

J'avance une hypothèse, mais une simple hypothèse qui est celle du refus du temps que nous vivons. Presque du refus du XXe siècle. Mélanger la télévision à outrance et l'américanisation de la culture... ajoutez des hommes d'idées de plus en plus mal à l'aise avec le pouvoir... et vous constaterez la multiplication d'itinéraires comme celui de Régis Debray. Des gens déçus par la démocratie d'opinion, la loi du marché et les intrigues de l'Elysée et qui embrayent immédiatement sur la mise en cause des images. C'est le spasme anti-Poivre-Durand-Duhamel-Pilhan qui aboutirait au rejet de Walter de Maria et de Gerhard Richter ! En quelques textes s'effacerait la phrase sublime de René Char : « Les peintres, alliés substantiels... »

Mais pourquoi trinqueraient-ils pour les animateurs de talk-show ? Le vide de sens qui est patent à la télévision n'est pas la caractéristique de l'art contemporain de ces dernières années... Je pourrais opposer une centaine de noms à la vindicte de l'auteur de *Cool Memories* et de la magnifique *Transparence du mal*. Nous sommes donc bien dans l'allergie avec un grand A. L'allergie comme nouveau moteur (et pourquoi pas) de la pensée.

Et je vous promets que l'amoureux de la peinture que je suis ne réagit pas dans ce combat par un corporatisme de passionné. Mais le plus grave est à venir.

A la charnière du XIXe et du XXe siècle, tout a été inventé en France par des Français ou par des gens qui ont été accueillis dans notre pays. La liste est longue d'Ingres à Picasso. Des impressionnistes au cubisme analytique jusqu'à Marcel Duchamp. Les hommes et le mouvement se sont aimés, entrelacés, certains l'ont payé de leur vie comme Vincent Van Gogh tombé raidi par une sorte de folie à trente-sept ans.

Malgré ces tragédies, malgré une hostilité de la critique et du grand public, le lien s'est fait entre les intellectuels et les artistes. Ce siècle est né avec Apollinaire défendant les peintres. La tradition s'est perpétuée grâce à André Breton, Malraux, Michel Leiris, Claude Roy puis, plus proches de nous, à des textes importants publiés par Gilles Deleuze, Jean-François Lyotard, Philippe Sollers, Luc Ferry, Hubert Damish, Marcelin Pleynet... J'en oublie tellement.

Or, depuis dix ans la tradition est rompue. L'avant-garde est devenue un problème pour les intellectuels s'ils professent des convictions différentes. Ce procès de l'époque rejoint une tendance de fond des plus brillants penseurs français : la sainte horreur des héros et des couleurs. La culture que l'on porte aux nues est d'essence littéraire. L'image est obscène car elle s'achète. L'image est obscène parce qu'elle est spectacle. Même Lévi-Strauss, qui est quand même une montagne de savoir, est mal à l'aise avec le Peintre contemporain. Permettez-moi d'émettre une hypothèse, puisque dans l'enfance, et ce fut un privilège, j'ai été confronté avec les intérieurs de beaucoup de ceux qui passent aujourd'hui pour des phares de la pensée. Que constate-t-on ? Qu'ils ont des murs de petits-bourgeois et un goût proche de l'esthétique des Deschiens ! Finalement, il y a, et c'est contraire aux idées reçues, une énorme différence entre les intellectuels et les artistes. Presque une rivalité. Comme entre les Guignols et ceux qu'ils considèrent comme des pantins : les journalistes !

Le délicieux Roland Barthes n'a-t-il pas rêvé, toute sa vie, d'écrire un roman, un seul. Je devrais aller jusqu'à la jalousie car les intellectuels comme les politiques ont un problème avec la postérité. Le temps efface souvent les analyses, pas les œuvres. Et Monet restera beaucoup plus célèbre que Clemenceau.

Comment ne pas voir que ce que l'on reproche aujourd'hui à Combas est ce que l'on reprochait il y a cent ans à Toulouse-Lautrec. L'idéal de l'intellectuel à la française de l'après-guerre, c'est Sartre et l'esprit critique. On retrouve avec Pierre Bourdieu ce goût de la dénonciation. Peut-être ce refus de l'admiration. Lui qui aime tant Zola.

Et pourtant quel verbe sublime : admirer.

Quand j'étais gosse au lycée et que je déclinais la profession de mon père : marchand de tableaux, on me répondait presque immédiatement :

— Ah ! marchand de tapis, plein aux as, presque juif... et ce grand carré bleu qui est dans le salon, c'est ton petit frère qui l'a peint...

Dieu étant extrêmement rusé, il a eu l'intelligence de me faire naître sans talent dans une famille gentiment loufoque qui respirait l'après-guerre à pleins poumons. Mon père devait être notaire. Il balança tout par la fenêtre pour défendre toute sa vie les jeunes peintres français. Il n'y a pas gagné un sou mais une certaine gloire dont je suis fier. Il m'a expliqué que le cerveau c'était aussi le regard et que la vie serait une longue bataille pour la guerre du goût. D'ailleurs les obscurantistes de mon enfance ont, avec moins de précaution, les mêmes arguments que certains intellectuels qui font aujourd'hui profession de procureurs artistiques.

L'autre vrai drame de la polémique du moment, c'est d'aller au Guggenheim construit récemment à Bilbao. Pourquoi n'y a-t-il aucun Français sur les murs [1] ? Pourquoi ce navire de la culture américaine embarque l'Allemand Anselm Kiefer et tant d'autres Européens sans nous ?

Peut-être avons-nous épuisé le monde avec nos conseils, nos complots bidon et nos apocalypses de bazar. Peut-être que Fabrice Hybert [2], César ou Soulages (qui voudraient bien exister ailleurs), sont victimes de l'agacement que nous suscitons partout. Peut-être

1. Heureusement, le Guggenheim se rattrape à New York puisque les deux musées de Manhattan consacrent des expositions à l'art contemporain en France sous le titre : « Rendez-vous » et « Prémices ».

2. Grand Prix de la Biennale de Venise.

qu'il y en a marre que Lévi-Strauss [1] se sente mal à l'aise dans le siècle et que Marc Fumaroli ne se sente bien qu'au Louvre à écouter Mozart.

Peut-être que les artistes français n'ont plus un propos aussi intéressant que leurs homologues européens ou américains.

Peut-être que si Jacques Derrida, Marguerite Duras et Godard enchantent les universités américaines, c'est parce qu'ils ont accepté de partir. Il suffit parfois de voyager et d'avoir du talent pour ne pas devenir gâteux et procédurier. La ligne bleue des Vosges c'est bien (une fois de temps en temps), mais je préfère, avec mes humeurs d'adolescent attardé, le bleu Klein. Lui aussi est mort jeune. Il en avait probablement assez qu'un sorbonnard esthétisant lui demande de renoncer au karaté avant de peindre.

Je ne professe pas la haine de soi et du drapeau. Je dis que le cours magistral à la fran-

1. Il ne faut pas l'accabler car il fut le premier à rire d'une parodie du *Cru et le cuit* révisé par les artistes du mouvement Cobra.

çaise est terminé partout sur la planète. Stop. Rideau.

Emmerder les artistes parce que l'on ne supporte pas le triomphe mondial et contestable du capitalisme c'est une ânerie. L'art ne résoudra jamais la douloureuse question sociale. L'art a toujours eu un prix comme la psychanalyse. Et Léonard de Vinci ne s'est pas privé de passer des contrats avant d'entreprendre le moindre portrait. Faut-il pour autant condamner la Renaissance ?

Lorsque vous lirez un règlement de comptes, parfois justifié contre l'image, tirez le rideau et vous découvrirez que c'est la plupart du temps l'argent qui est visé. L'écrit n'est pas le seul chemin de la rédemption pour les hommes. Vaste blague pour gogos. C'est oublier trop facilement toutes les odes ignobles qui ont été rédigées à la gloire des deux horreurs du XXe siècle : le stalinisme et le fascisme. Ce dossier-là est beaucoup plus lourd.

Et les imbéciles, qui ont abandonné tout sens critique, ne sont pas ceux qui s'intéressent à Buren mais ceux qui... entre autres... sont délibérément restés muets et aveugles devant la longue coucherie de certains intellectuels avec Staline ou l'extrême droite.

Ce n'est pas un livre mais une bibliothèque entière qui leur répond depuis maintenant des années. La splendeur des intellectuels c'est la lucidité de certains textes isolés. Ceux qui ont eu raison la plupart du temps seuls contre l'air du temps et avant tout le monde. Mais ce qui est invraisemblable, c'est de ressentir encore aujourd'hui, et malgré cette lucidité, la nostalgie des croix gammées, des faucilles et des marteaux. Ahurissant parfum nauséabond. Espérons que le temps est une gomme qui effacera nos plus récentes barbaries car on ne peut pas passer sa vie dans le souvenir. Personne ne m'empêchera de dire aujourd'hui à ma fille de vingt ans que la vie est une aventure !

Là où Baudrillard a raison (et se contredit peut-être lui-même en parlant de la nullité de l'art contemporain) c'est qu'on ne peut pas passer sa vie à autopsier le XXe siècle. C'est un travail de croque-mort fasciné. L'an 2000 comme commémoration du passé ? On s'en fout ! N'oublions rien, c'est le travail obligatoire et moral de la mémoire, mais passons à la suite !

L'éternité de la peinture videra cette querelle. A l'évidence tout ce qui est nouveau n'est pas bien. Mais la création ne peut pas devenir une allergie tricolore. Si des textes aussi violents sur l'art contemporain ont été écrits en France, c'est aussi parce que notre pays est devenu l'empire du commentaire et le désert de l'action. Les autres font, nous, entre Brest et Strasbourg, on critique.

Or, tous les historiens d'art tombent d'accord pour écrire qu'après la guerre, la création est passée avec armes et bagages en Amérique. C'est un constat et pas un point de vue idéologique. Il ne nous reste que le commentaire. Il n'y a pratiquement plus de Français sur les murs des musées du monde entier pour la période qui nous sépare de 1945. Les seuls qui y figurent, comme Yves Klein, Dubuffet, sont ceux qui déchaînent le plus de haine et d'incompréhension. Comme s'ils étaient des traîtres à la République. Des vendus à l'impérialisme yankee. Qui n'a pas vu un jour Jean-Philippe Domecq, à la télévision, demander à Jean-Pierre Raynaud pourquoi il faisait des pots depuis vingt ans, n'a pas saisi le comique de cette tragédie ou cette tragique comédie.

Imagine-t-on un romancier comme David Lodge, en Grande-Bretagne, demander à Barry Flanagan, artiste reconnu, de quel droit il sculpte les lapins ! Ou même Antonio Tabucchi engueuler Francesco Clemente parce qu'il vit entre New York et l'Inde en délaissant l'Italie.

Pardonnez-moi l'expression mais l'artiste contemporain fait chier parce qu'il n'a pas de base sociale, il ne rend de comptes à personne. Sa vie balance entre un succès improbable et un échec quasi certain. A New York au début des années 80, 500 000 artistes étaient officiellement répertoriés. Un seul Jean-Michel Basquiat ! Qui est prêt à prendre un risque pareil sur sa vie ? Maintenant, qu'il peigne, qu'il sculpte ou qu'il fasse des cassettes vidéo, l'essentiel réside dans son talent. Dans son aptitude à s'emparer d'un cadre et d'une toile pour y inscrire son histoire et celle de l'humanité. Et là, il n'y a pas de star, pas de scénario préécrit, pas de rampe de lumière. Il faut affronter tout ce qui a été fait, des grottes de Lascaux à Kazimir Malevitch. Sinon quel intérêt ? On ne va pas fredonner toute notre vie *Yesterday*... et jouer éternellement Bach. Sinon autant sonner le tocsin.

Mais l'angoisse de l'époque et l'angoisse de n'être qu'un Monsieur tout le monde ne nous autorisent pas à applaudir sans recul toutes les avant-gardes. Ma maman qui est une grande spécialiste du détachement me répondit il y a une vingtaine d'années, alors que je lui présentais un curieux tableau :

— Pourquoi veux-tu qu'à la fin du XXᵉ siècle, l'art soit forcément moderne ?

C'est une des rares fois de ma vie où j'ai fait des économies. Car collectionner est le plus merveilleux passe-temps pour quelqu'un qui sait qu'inexorablement sa défaite personnelle va sonner à la porte : la mort. Avec un pinceau, Picasso a trouvé la parade. Baudrillard, les Guignols et le pauvre Durand n'ont rien trouvé du tout.

Dans l'adversité, ils devraient être amis.

Remerciements et désordres amoureux indispensables à la survie

Noë, Julien et Virginie. Danielle et Albert. Sabrina. Agathe et Marie. Anne Marcassus. Manolo et ses compagnes. Alain Gérard. Jean-Yves Rumani. Dominique et Marie-Laure. Marc Francelet. Gérard Sénéjou. Le Festival Rock' n'Roll de Marnes-la-Coquette et son épouse. Clarisse et Elie. Yves Calvi (Premier lecteur). Sophie et Jacques S. Gaël et Jean-Paul Pichet. L'ocre de Roland Garros. Le vert et le violet de Wimbledon. Cédric Pioline. L'indispensable Elisabeth Maurice. Isabelle Elsen. Muriel et Pierre à Clichy. Coltrane, Prince, Page et Plant Live. Jacques Monory. Roberto Matta. Jean-Paul Enthoven. La famille Duhamel et son clan (Funck, Weber, Pisier, Ferry). Blaise, Matthieu, Philippe, Didier, Francis, Jean-Michel Attal et Jaïs, Doudou, Ben, frères et cousins perdus. Patrick TF1 et Michel FR3. La lecture du *Monde* tous les jours à 15 heures. Michel Platini et Mark Rothko pour l'ensemble de leurs œuvres. La Bretagne, la Corse, les vagues du Sud-Ouest. Michel Houellebecq. Edouard Baer et Ariel Wizman. Le Foot à Vincennes. Hervé Témine. Et François Mitterrand pour ce fameux frisson inégalé.

Pour le livre, Anne Gizolme.
Pour la vie, Diane, Joseph, Juliette, Arthur et Donald.

Cet ouvrage a été réalisé par la
SOCIÉTÉ NOUVELLE FIRMIN-DIDOT
Mesnil-sur-l'Estrée
pour le compte des Éditions Grasset
en février 2000

Imprimé en France
Dépôt légal : février 2000
N° d'édition : 11422 – N° d'impression : 49711
ISBN : 2-246-57691-1